天幕
一個宇宙資訊記錄員的日記
靈紫 著

推薦序

這是一部「天降奇書」

靈紫女士撰寫的《天幕——一個宇宙資訊記錄員的日記》一書，是一部蘊含了極為珍貴宇宙知識的「天降奇書」。

該書以日記的筆法將深奧難懂的宇宙演化知識蘊含在日記裡，筆法細膩、娓娓動人地為多階層的讀者提供了一部雅俗共賞的科幻作品。該書可使大眾讀者在飯後茶餘的閱讀中，不知不覺地、潛移默化地感知宇宙演化的真實知識。對於科學家而言，這也是一部踏破鐵鞋難尋覓的奇珍瑰寶，只要抱著謙卑的態度來仔細品味書中的寓意，就可能發現新的宇宙知識，獲得研究的嶄新靈感。

我在讀完了這本書之後，數月之久都難以撫平激動的心情——文章對於宇宙間不同區域之間時間快慢機理的闡述是多麼深邃洞徹啊！這些闡述遠遠超出了我們現有的認知水準。而這樣的閃光之點，在書中多處地方交相輝映！

天下之大，無奇不有。靈紫女士終生從事文學編輯工作，對科學技術可謂是門外之人，但她的這部著作卻充滿了犀利先鋒的科學思想，這豈非咄咄怪事？

大科學家愛因斯坦認為：在擁有大量現有知識和創造新知識之間，其實「並不存在任何必然的邏輯聯繫，而只是一種非必然的、直覺的（心理的）聯繫」。

這就意味著創造新知識，是一種依賴於靈感、直覺、頓悟等非理性心理因素，在瞬間把握未知事物本質和規律的認知形式，而並非一定要先擁有大量現有知識。

我們的宇宙是一個資訊宇宙與物質宇宙並存的宇宙，處於靈感、直覺、頓悟狀態的人，是可以溝通資訊宇宙而獲得靈感和真知的。

靈紫女士正是在這種高度靈感狀態下，忠實地記錄了自己的感知，寫出了這部「天降奇書」。

這樣一部不可多得的書應該流傳於世，因為它對未來的科學有著不可估量的價值。得不到發表或任其泯滅，那將是一種莫可名狀的損失！

高歌

二〇一四年六月六日

*高歌：一九四五年一月出生，漢族，山東沂南人。現任北京航空航天大學教授、博士生導師，Gao-Yong 理性湍流理論創始人。歷任中國工程熱物理學會、中國航空學會、中國空氣動力學學會理事。長期從事流體力學和工程熱物理領域的教學和科研工作，近年來從事宇宙演化研究和智慧生命研究，著有《宇宙天演論》和《生命容介態》等著作。曾榮獲國家發明一等獎、首屆航空金獎、首屆光華特等獎及北京市勞動模範等獎項。

編輯序

想像力拯救世界

「為什麼我們的學校總是培養不出傑出人才？」這是著名的「錢學森之問」。「儘管中國古代對人類科技發展做出了很多重要貢獻，但為什麼科學和工業革命沒有在近代的中國發生？」這是著名的李約瑟之謎。

近年來，我在編輯圖書的時候，收集了大量世界各國國民實力及素質比拼的第一手案列，其中最為震驚的是：國際評估組織對全球二十一個國家的調查顯示，中國孩子的計算能力排名第一，而創造力和想像力卻墊底！歷數二十世紀以來影響人類的重大發明，我們遺憾地發現沒有一項專利權屬於中國人。

金融危機時期，美國《紐約時報》國際關係專欄作家弗裏德曼認為，儘管面臨可怕的境地，但若用想像力和創新能力來衡量，美國的國力並沒有下降。

著名戰神拿破崙也曾經說過「想像力統治世界」，這句話猶如晴天霹靂，直擊事實真相，裹挾著我們潛下心來，思考著這樣一些問題——我們的教育是培養只會學習的機器還是具備想像力和創新力的活生生的人？

其實，中國並不缺乏想像力，而是缺乏對想像力的培養。造成這一現象的原因很多，其中科幻閱讀的薄弱不可忽視！因為它兼具科學與幻想兩大元素，而後者比前者更為重要，愛因斯坦就指出想像力比知識更重要，「因為知識是有限的，而想像力概括世界上的一切，推動著進步。」而同時，科幻作品不僅僅是文學，它更是一個民族創新力的體現。在能源、資源急劇枯竭的今天，創新能力是影響一個國家、一個民族未來發展的關鍵。美國大片十有八九是科幻大作，從《二〇〇一太空漫遊》的劃時代意義到《地心引力》、《星際穿越》在全球被追捧，科幻的腳步走得越來越寬廣。這些電影在中國大賣說明中國人也在追逐世界的步伐，中國的讀者和觀眾也熱愛科幻作品。但是，事實上我們自己創作的科幻作品卻沒有跟上讀者和觀眾的欣賞要求。

懷著這一思考，我開始有意識地進行調研。結果也正如我所想，幾乎所有在工作中屢屢展示創意的員工，都有過青少年時期閱讀科幻的經歷。同時，那些對科幻大片著迷的職場人士，很多會在工作中表現出與眾不同的創造力！而對科幻漠然，甚至厭惡的人，則更容易在工作中機械死板，缺乏創新能力，個別甚至成為他人和企業發展的障礙。這雖然只是一些概率事件，但是，科幻閱讀對提升想像力和創新力的作用仍由此窺得一斑。

這使我更加堅信，科幻圖書是必須要做，而且需要大力去做的事情。諾貝爾獎獲得者楊振寧在中國科幻出版最困難的時候，曾經指出，中國應該大力發展科幻出版，這一點不同於美國……美國可以說是世界科幻出版和閱讀量最大的國家。

調查中，我還發現，即使非常喜歡科幻的讀者，也大多讀的是國外的科幻作品，他們紛紛抱怨，國內原創科幻太少，內容也太缺乏想像力！好不容易挖掘出一些幾十年前的經典科幻作品，現在一看，那些曾經不可思議的東西，如今基本都實現了。

為此，我們非常焦慮：深植於中國文化，特別是現代中國文化背景下的原創科幻少之又少！

我把這些想法和社會各界人士進行了廣泛的交流，得到了一致認可：我們出版社理應成為籌畫和推廣科幻類圖書出版的重要基地。由此，我們開始了歷時五年、艱難的科幻圖書出版之路，並且在選擇作者和挖掘作品的時候，將想像力作為最重要的衡量指標。

在這種因緣際會下，《天幕——一個宇宙資訊記錄員的日記》橫空出世了。這是一本跨界近五十年的日記，是一本類似夢遊的故事，是外星人講給現代人聽的宇宙天體物理學。

這本書主要講述的是，在二九三三年，一個出生在「魔鬼三角區」百慕達的科學城「地球宇宙職能中心」宇宙資訊分析師達蒙．卡萊爾教授，偶然間在「星系圖書館」獲得一本用他曾經破譯過的宇宙高維文字記錄的日記。日記記錄了一個被「宇宙智靈總庫」任命的資訊記錄員在高能智靈人的帶領下，洞悉了各種有關宇宙的起源、結構、白洞、黑洞、暗物質、人類智慧起源、思維之謎、物維空間特點、暗宇宙等一系列的宇宙中的各種智慧奧秘與各種最前沿的宇宙知識資訊。同時，他的離奇身世也慢慢浮現出來……

作者以新穎的撰寫模式，設定了宏大、奇幻卻又富有愛的宇宙，書中所描述的宇宙景觀，似真似幻，在光影交錯、虛實輪回之中，為讀者開啓一道道神秘無比、奧妙無窮的大宇宙之門。讀起來，讀者一定會腦洞大開，徹底顛覆先前已有的對宇宙的認知！且越往後深入解讀，越會折服於作者那邏輯嚴密、想像力豐富的大腦。讀完之後，你極有可能會堅定地相信：作者所描述的大宇宙真的存在！

這是一部「天降奇書」，毫不誇張地説，翻開《天幕——一個宇宙資訊記錄員的日記》，你會在其中找到未來中國科幻創作的希望和信心。

希望這部有料、有趣、有想像力的奇書能給每一個渴望享受思維樂趣的朋友帶來收穫！

目錄

第一章

從飛特族到宇宙資訊記錄員

我被無法解讀的文字包圍，我是一個十足的文盲……

——托馬斯．特蘭斯特羅默，二〇一一年諾貝爾文學獎獲得者

西元二九三三年，一個註定不平凡的早晨，科學城「地球宇宙職能中心」最年輕的分析師——宇宙資訊學博士達蒙．卡萊爾，正在浩如煙海的星系圖書館翻閱著資料。

這時的地球人已經可以借助一種叫做「宇宙翻譯器」的小工具（外型通常為個人的隨身物品，如戒指、耳環等），通過簡單的調頻，就可以接收到宇宙中其他星球的資訊了。就如同幾百年前，人們利用收音機，收聽電臺發射的信號一樣。

這個時期，最時髦的職業不再是金融分析師、高科技人才，更不是公務員，而是宇宙資訊分析師，移民外星球更已經被列入時尚人士的人生規劃中。

達蒙．卡萊爾教授正是這樣的一個時尚人士，他有張稚氣的臉龐，一頭捲曲的金髮，配上

一雙大海般蔚藍的眼睛，就像個鄰家大男孩。

他的著作《宇宙資訊學》是一本老少皆知的暢銷名著，但是，從沒有人見過作者本人，書裡更無法找到他任何的私人資訊。

這個時期，人們的閱讀和穿著方式已經完全資訊化。出門只需要帶上戒指形狀的電子衣控儀，就可以穿上任何形式的衣著。顏色、厚度、衣料、保暖性可以隨時調整，只需要帶夠電源，就不會出現走著走著突然裸體的尷尬現象。

很少有人再去閱讀佔據空間的實體書籍，資訊圖書可以按照你需要的任何形式呈現在你的面前，而且只要一揮手，它們可以隨時消失，就像從來沒有存在過一樣。

即使如此，各星球「類人類」仍喜歡出版實體紙質書，以滿足內心「物以稀為貴」的虛榮。

看著自己的著作印數已經達到了數百億，暢銷各大「類人類」星球，即使是一向低調的達蒙．卡萊爾，也難免暗暗竊喜。

但是，不知為什麼，每當他為此感到欣喜的時候，立刻就會伴隨一陣難以抑制的強烈不安。一個聲音似乎在黑暗中迴響：「孩子，你有沒有感覺你在誤導當代的宇宙觀呢？不要把人們帶入歧途啊！」

從小失去父母的達蒙．卡萊爾總是在難過的時候去看紙質書，聽著那清脆的翻閱紙張的聲音，書中的世界常常讓他忘卻世間的所有煩惱。這次也不例外，他要再一次去尋找安慰心靈的鑰匙。

午夜失眠的達蒙．卡萊爾不想靠吃藥助眠，他披上衣服走出家門，來到附近一家以收藏實體書而聞名的「星系圖書館」，打開館內隨處可及的電子目錄仔細查詢。

皇天不負有心人，赫然看見一本紫色封面的書——《天幕——一個宇宙資訊員的日記》。

作為一個宇宙資訊分析師、破譯專家，鑽研過無數相關書籍，他以前怎麼會不知道這本書呢？他急忙按照書號的位置，將《天幕》找了出來。

《天幕》是一本封面精美的紙質書。達蒙．卡萊爾只匆匆翻閱了一下，就趕緊搜索全宇宙網路，他要把所有的紙質複本全部搜集來，可惜，搜遍了「圖書館」、「舊書網」、「宇宙通」等資料庫，只此一本。

達蒙．卡萊爾按捺住這個時代的人們幾乎很少會出現的狂熱心跳，帶著書籍默默回到家中，一頭鑽進精緻的讀書屋，直接翻到第一篇日記讀了起來。

他翻開了第一篇日記，不禁驚呆了！

原來，日記是用他曾經破譯過的宇宙高維文字來記錄的！他因此還獲得了國際宇宙科技獎。

可是這種文字並沒有用於常規出版，民間怎麼會有這樣一本書呢？

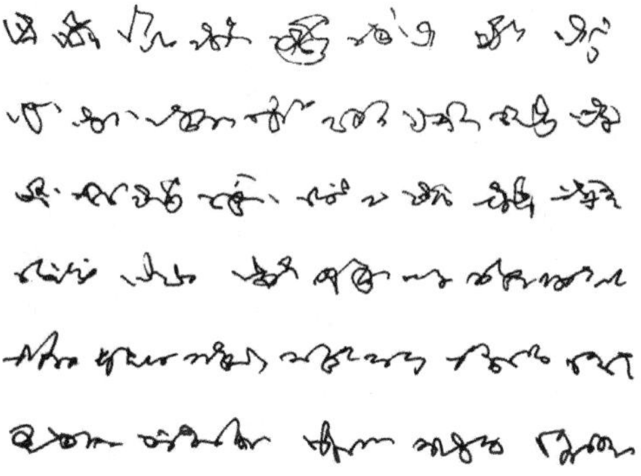

請注意兩側的迷宮……
被無法解讀的文字包圍，我是一個十足的文盲……
——特朗斯特羅默，李笠譯（選自《特朗斯特羅姆詩歌全集》）

這是達蒙工作時最喜歡念出來的一句詩，看到滿篇地球上也許只有他才能閱讀的文字，達蒙輕輕地說：幸好我不是文盲。

然而就是達蒙，也要仔細推敲才能完整地翻譯這些文字。

二〇七五年十月二十八日　北京，家中

……有一幅史前的壁畫：
一個黑色的形象，
在年輕古老的河裡遊動，
沒有武器，沒有戰略。

既不休息，也不奔跑。
與自己的影子分離：
影子在激流下移動，
它搏鬥著，試圖掙脫，
沉睡的綠色圖像，
為了遊到岸，
和自己的影子結合……
——特朗斯特羅默，李笠譯（選自《特朗斯特羅姆詩歌全集》）

作為離開祖國三年到發達國家工作的一個小小的浮游生物，面對大城市內外交困的壓力，我每天都有從內到外、從外到內地被壓榨的窒息感，以及被填塞各種垃圾資訊的恐怖蠶食感。晚上只能靠設想不是在擁擠的地面遊走，而是在美麗的宇宙空間浮游安眠。

根據進化心理學的理論，地球上任何一個物種，如果沒有強烈求生欲望的話，早就滅絕了。所以，作為繁衍近萬年的地球人類這個物種的一員，我決定無論多麼痛苦都一定要活下去。

忍無可忍之際，我和幾個不同國家的朋友合謀一起逃離大城市，加盟「飛特族」。來到了日夜渴望的人跡稀少的中國內蒙古大草原，追尋思緒中尚存的遠古農牧生活。每天隨遇而安，享受著新鮮的空氣，看著地裏的莊稼、可愛的牲畜在自己的辛勤呵護下茁壯成長。一種終於不再漂浮，有了著落的感覺讓我心滿意足。

兩個月後，我決定先回國外的家中，準備善後一番就返回大草原，長期定居在此。臨走前，我一大早就出門，準備為牲畜割些過冬的草料。很快，一處生長得特別茂盛的草將我吸引過去。

我揮舞著鐮刀，割著草。

突然，一個洪亮的聲音在我身後響起：「終於把你找到了！」

我想說是夥伴在找我呢，便不經意地回答：「什麼事？」

「還記得你歷經千難萬險來到此處的任務嗎？」聲音問道。

「這還用問，當然是到這裡尋找自由呼吸，有著落的感覺啊！」我邊割草邊回答。

「你再想想！」

「想什麼呀！我放棄國外的高薪、樓房和家中舒適的生活條件，不就是為了飛特族的夢想才來到這裡的嗎？」我提高了嗓門嚷道。

「你真的忘記了？」聲音還在不依不饒地繼續問道。

「你是誰呀？還讓不讓人幹活啦？」我不耐煩地發問道，並回過頭去想看看到底是哪位朋友在身後跟我聊天。

四下巡視，竟不見一個人影！

當時真把我嚇壞了，扔下割好的草就跑。

回到宿舍，我想將剛發生的怪事告訴大家，沒想到一張嘴，從口中冒出的竟然不是我平時說的漢語！我心裡明明知道自己在說什麼，可是為什麼他們就是聽不懂呢？難道——這嘴再也不受自己大腦支配了？我努力地一字一句地告訴大家，但說出的話依然不是中文。我也會說英語、日語，但這竟也不是這兩種語言！連俄語、法語、德語、西班牙語的朋友，聽了也都連連搖頭，不解其意。對了，這裡是內蒙古地區，難道是蒙古族語？大家將懂蒙語的當地老鄉叫來聽了聽，卻也不是。我徹底失望了！誰也不知道在我身上發生了什麼事情。

我突然靈機一動，咦？不能說話，總可以寫字吧？懷著一線希望又拿起了筆和紙，想將我的意思寫出來告訴大家，壞了！連文字都變了！我這個堂堂的中國名校生，一個中國人，竟然連中文都不能寫了！我感到無地自容！欲哭無淚！

無奈之下趕緊回到了北京，疼愛我的姐姐急忙陪著我跑到協和醫院去看病。

不愧是馳名數百年的老醫院，在各科醫生的精心治療下，我終於說出中文和英文啦！

高興地回到家中，姐姐囑咐我，你的病屬於精神病範疇，別總是到處去說。

我答應了。

因為剛剛恢復說中文的功能，說話並不自如，只能結結巴巴地表達自己的意思，我也羞於在人前開口，只好將這些事先記錄下來。

昨天，我拿著科幻小說《海底兩萬里》，小聲地讀著，想盡快恢復自己說話的功能。

不料，昨天晚上，就是晚上，我躺在床上，那個討厭的聲音又在天花板上響起來了：

「我終於又找到你了！你根本就沒有精神病！」

我嚇得大聲喊叫起來，姐姐急忙來到我床前，問道：

「是不是做噩夢啦？」

我指著房頂說：「那裡有個人！」

姐姐以為我的精神又出了問題，要帶我去醫院看急診。

「孩子，別怕！我不會傷害你的，我讓你看電影！」那個聲音制止了我。

有姐姐在身邊，我的膽子也大了起來。問他說：「你是誰？我為什麼看不見你呢？」

這句話倒把姐姐嚇了一大跳，急忙問我在跟誰說話。

我告訴她，是房頂上的那個人。

姐姐望了望空無一物的房頂，說：「你又犯病了吧？」

「姐姐，真的有人在跟我說話呢！」

姐姐擔心我犯病，就陪著我一起睡覺，不讓我說話了。

我躺在床上，心想那到底是個什麼人，為什麼總是跟著我呢？

我只是心裡想想，那個人竟然好像聽得到我的心聲般，竟回答我：「你別怕！也不要說話，靜靜地看著房頂就是了。」

我見姐姐睡著了，就自己瞪著眼睛望著雪白的房頂，呀！真的有電影在房頂放映，直到今天我還在回味著昨天夜裡房頂上的有趣「電影」。

達蒙被日記開始的詩驚住了，這個日記的作者竟然和自己喜歡同一個詩人。但是，看到日記的最後，他又忍不住笑了，幾百年前的人真是落後啊，連小學生都知道的常識，他們竟然搞得這麼誇張！當一個人的聽覺神經的震動頻率與外太空的資訊震動頻率發生共振時，便能夠傳導到聽覺神經系統，經過處理之後，就會聽到或看到非視覺物質所發出的各種聲音和圖像了。

記錄員的經歷讓他感到新奇，一種發自內心的急切攝住了達蒙·卡萊爾，他的眼睛再也無法離開這本日記了，他開始如饑似渴地破譯後面的日記。

二〇七七年一月十八日

雖然半年的飛特族生活令人無限留戀，但是習慣了大都市生活的我，還是回到了電視臺繼續奔奔族的日常生活。

今天早上堵車，急忙趕到了辦公室，將新聞資訊進行編排，送到新聞部進行錄播。剛剛忙完，接到同事送來的一張請柬，是邀請我們新聞部去觀摩一場內部新聞紀錄片的放映。我問了問同事們，沒人願意將時間浪費在這上面，平時這種觀摩活動很多，每個人手頭上都有很多工作，無暇去參加這類活動。再加上是紀錄片，就更沒人去了，而恰巧我騰出點零碎時間，也幹不了整檔的事情，去看看也無妨。

我接過請柬急忙趕到了演出地點，人並不多，只有十幾個人，在一個小放映廳裏就座。電影下午三點二十準時開演，是一個四十年代（注：實際上是二十世紀四十年代）的黑白新聞紀錄片。在場的一些人對紀錄片沒有興趣，紛紛退場。我也有些失望地起身看了看四周，發現在座的只剩下我們三四個人了，於是也準備離開放映廳返回單位。

突然，解說員的聲音傳到我的耳朵裏：「這是一個地外生命搜尋總部二〇四七年的絕密檔，總部談判執行官與外星人的談判記錄……」

我好奇地回過頭來，看到了銀幕上一頁頁的英文畫面，上面有一個個紅色的圓圈，解說員告訴大家，那是總部執行官的親筆簽字。

一種新聞記者特有的直覺，讓我的目光鎖定了銀幕。我轉過身來，摸索著大皮椅的靠背，又輕輕地坐了下來。接下來的畫面與解說，讓我的心不由得狂跳了起來！今天播放的竟然是那個什麼總部執行官與外星人談判的新聞絕密檔案紀錄片！哎呀！差一點就錯過了！真是萬幸！

執行官正在同一個有著綠色肌膚的外星人進行談判。這個外星球特使長得很特別：光禿禿的大腦袋不斷地泛著白光，一對杏仁狀的眼睛大得驚人，佔據了整個臉的三分之一，他們沒有鼻子，僅僅靠兩個圓圓小小的洞孔呼吸。外星特使告訴執行官，他們是「大角星球」上的智靈生物人類——大角星人（ARCTURIANS）。他們的壽命已經達到了四百歲。之後，他們又談到了飛碟、生物實驗、意識交流等……

當執行官詢問「大頭」外星人「你們是如何駕駛飛碟」時，只見大頭默不作聲，而執行官卻頻頻點頭。

我心中驚訝：「他們竟然能夠用意識思維進行交流！」

解說員告訴人們，執行官希望看到外星人親自演示操縱飛碟，外星人點了點他那顆大腦袋。

畫面上是一條紅色的線，畫在了一行行英文字母下面，解說員的聲音在耳邊迴響：

「各位，外星人告訴執行官先生，他們從來都不用四肢操作任何機械，尤其是飛碟，他們只用思維意識來控制飛碟。他就要給執行官先生進行表演了。」

畫面切換到遠處一座大大的飛碟特寫，鏡頭回拉到整個畫面，在場的所有人都目不轉睛地盯著飛碟觀看。只見飛碟悠悠升起，人們仰頭觀望，飛碟在空中做出了很多動作，表演完畢，又緩緩地降落到地面上來。自始至終，「大頭」外星人都是紋絲未動，完全用意識在控制著飛碟。

接下來，談判開始了。無聲的談判、快速的英語解說和男播音員優美的中文翻譯交替穿梭著。大頭外星人提出，要用地球人做生物實驗。執行官先生斷然拒絕了大頭的要求，並提出「可以用大型畜類來代替地球人類做這些實驗」。大頭答應了。於是，兩位不同星球上的決策者，在一份極其機密的檔上，分別簽上了自己的名字。我看清楚了大頭簽字的手，竟然只長了三個手指頭，皮膚就像枯樹皮一樣。

從此以後，地球上許多地區便陸續出現了牲畜離奇死亡的新聞報導，尤其是牛這樣的大牲畜，往往是因為內臟被旋空而死。其刀口整齊、無血，而似灼傷。

我這個每天面對國內新聞的記者看到這裡，不由倒吸了一口涼氣：「原來真的有外星人存在！」

我內心狂亂不已，無法控制自己激動的心情，不由得陷入了沉思……

達蒙．卡萊爾笑了笑，對於外星智慧生命，在這個時代已經不是什麼新聞了，然而在那個年代中，卻是一個驚天大新聞！他又破譯了下一篇日記……

二〇七七年七月九日

心情就像打翻的五味瓶，難以描述！自從那次普通的不到一小時的紀錄片觀摩之後，隱約預感到從此便要改寫我的人生！但我萬萬沒有料到的是，自己不幸被「宇宙高能智靈資訊總庫」選中了，成為了一名接收「宇宙資訊」的記錄員。

此後近半年的時間裡，在我的大腦裡，不時地受到突如其來的資訊衝擊，我聽到了各種類似於外星人的聲音，讓我感到非常恐懼、興奮和不安。我試圖擺脫這些資訊，但都無濟於事。一些同事認為我的精神有些異常（大家礙於同事面子，實際上都認為我精神方面有些問題）。

我曾經問過聲音的主人：「你到底是誰？」

他告訴我，他就是我和飛特族在內蒙大草原生活期間，一直跟著我的那個宇宙「智靈總庫」的使者。

我又問他為什麼總是跟著我，他說是想讓我做他傳達宇宙資訊的記錄員。

我問他的名字，他告訴我他叫「ＺＺＺ．ＳＱＬ」。

真是一個奇怪的名字！

後來，即使是在工作時，這種來自看不見的空氣中的資訊對我大腦的衝擊也從未間斷。

我竟然不幸被「宇宙高能智靈資訊總庫」選中了，成為了一名接收「宇宙資訊」的記錄員！

在巨大的工作壓力面前，我逐漸厭煩起這種聲音，神秘感也逐漸消失。

最終，我只好同「宇宙高能智靈資訊總庫」達成了一項協定：在我工作期間，不允許對我進行任何干擾！

說來也怪！從此之後，我就真的沒再受到類似的干擾，連以前工作時各種嘈雜的聲音也隨之煙消雲散。

二〇〇六年二月六日

今天是我退休後的第一天，從明天開始，我就可以好好安排一下悠閒的退休生活了！

我要去美國看望女兒，還要游泳、練習書法、畫畫、去各處旅遊、保健養生、編織毛衣、研究美食、學習攝像……好多以前上班時無暇顧及的愛好，都要在退休以後去重溫。

我憧憬著未來的美好的退休生活……

就在我正想得出神的時候，一種久違了的、熟悉的空靈資訊，突然射入了我的腦海中。我突然想起了一件事，一直以為早已經忘懷了的一件事：六年前，本以為隨著時間的流逝，「宇宙高能智靈資訊總庫」一定會將協議的事情淡忘。我後來還曾經多次暗自慶幸，自己終於能夠擺脫「高能智靈人」的糾纏。

今天這是怎麼啦？為什麼我會如此強烈地感覺到自己有新的任務降臨了？難道是他？我剛剛這樣想著，那個熟悉的聲音又悠悠響起：「不錯，是我！ZZZ．SQL！」嚇了我一大跳！我默不作聲，心想，只要我不去理會他，他一定拿我沒有辦法！對！我拿定主意，就是不理他！就是不給他做記錄！好不容易盼到了退休，那麼多以前的愛好，還沒有來得及享受呢，就又把我拴住了，我才不會那麼傻！

達蒙．卡萊爾破譯到這裡，已經深夜，但是，他很想知道日記的作者是否真的擺脫了高能智靈人的糾纏！他繼續破譯下去……

二一〇六年五月十八日　奇特的「宇宙夢」

這三個月以來，幾乎總是在跑醫院了。長期的失眠，無休止的相同夢境，讓我陷入了無盡的痛苦之中。

今天同事打來電話，第一句話就是：「你又做什麼美夢了？」

同事們每次打進電話的第一句話，就像拷貝進我電話裡播放的錄音一般。

「跟昨天一樣！」我的回答也像播放錄音。

同事說：「你快出來散散心吧！別憋病了！跟我們講講你的夢境。」

我將自己這些日子做的夢來進行一個匯總，其實也覺得挺好玩兒的。

在將近三個月的時間裡，總是在做著一個相同的夢。在夢境中，我看到了很多奇怪的事情。而這一切，對於我這個學新聞的人來說，都是很陌生的。我對這些內容，根本不感興趣。但是，一個相同的內容，在一段時間內，總是如此執著地入夢，讓我不得不陸續將那些當時因好奇而紀錄下來的隻言片語，重新聚集在一起，並簡單地做一個總結。

下面便是我在二〇〇六年三月八日午睡後，經過仔細回憶，將多次夢境，總結後的記錄。

在單位的一棟辦公大樓裏，我又乘上了電梯，向上行駛，但不知道為什麼我總是在第三層就下電梯，我很奇怪。因為我的辦公室是在第十八層，夢中卻為何總在第三層下來？這一層是單位的音像、圖書資料室。我下了電梯之後，在三層樓裡轉來轉去，疑惑重重，不知道自己到底想要做什麼事情。

終於，在今天的夢境中釋然了，我找到了一間密室，內藏很多的圖書。我發現有一個很特殊的盒子單獨擺放著。我取下這個雕花木盒，盒裡藏著三冊書，書的封面分別由神秘的紫光、白光和金光籠罩著。我將目光移向紫光封面時，頭腦中出現了「內宇一二三」；當我盯住白光封面時，腦中出現的是「外宇四五六」；當我再盯住金光封面時，腦中出現的是「外宇七八九」。

這個夢，讓我琢磨了很長時間，覺得可能與宇宙有關。可是，我對宇宙並不感興趣，只是隨手將此夢境的內容記在了一張紙片上面，夾在一本小說中。

過了不長時間，又是相同的夢。夢中，我竟然對那三冊書有些好奇，便想將那本紫光封面書打開看看。沒想到，手還沒碰到書，只是剛剛接觸到紫光，便被光電擊中，驚醒了。

後來的一次夢中，我想打開那本白光封面書，還好，沒被光電擊中，書被打開了，但強烈的白光使人的眼睛根本睜不開，無法看到書裡面的內容。我只好寄希望予那本金光封面的書了。當我將那本書拿起來時，還沒有翻頁，全書的目錄便清晰地閃現在腦海中了！原來這本書紀錄的是，一個叫做「瑪雅梅洛特」星球的興衰史。

我有些失望，因為我對裡面記錄的宇宙空間資訊、天體星位學、高能物理學、量子力學、超小微粒子學、玄理論公式、飛碟製造、核磁與光爆、星球星核材質分析、核能壓縮技術和真空能運用技術等根本不感興趣。尤其是那些跳動的數字與公式，更讓我頭昏目眩！於是，我又將書放回了原處。

後來，我和幾個好友談起過我那些奇怪的夢，他們也很感興趣，並鼓勵我如果再有機會看到那些書，一定仔細地看看，看還有什麼有趣的內容，寫下來與大家分享。

在以後陸續看到的內容，讓我大吃一驚！

達蒙．卡萊爾看到這些內容，感到非常驚訝，急忙又破譯了一篇日記繼續讀下去。

二〇〇六年八月到十月

原來，「瑪雅梅洛特」星球，曾經是我們地球人類的樂園，它就是我們今日的「火星」前身！裡面用瑪雅文字和梅洛特文字記述了這個星球的高科技歷史。我也不知為什麼在夢中能看懂那些文字！裡面主要內容是關於對各個星球的開發。這裡紀錄著他們開發了鄰近的星球，其中包括「陽系物質生命帶」中的另外兩個隱性星球：艾爾紫達星（Aierzida）和艾爾帝蒙星

(Aierdimeng)。

書中寫道：「陽系物質生命帶」的距離與位置是從太陽中心向外兩千一百四十萬至兩萬兩千五百萬公里處的環狀圈內，只有在此圈內，顯形的物質生命體才有可能生存。我還沒有發現與此有關的文獻資料，但我知道，只有在此圈內，才有可能找到其他的智慧生命。

高科技內容還包括生物複製技術、核彈、飛碟、反質子、暗能量等詳細的理論知識。

這個星球上的高智靈人類，高度掌握並運用這些技術技能，並把它們記錄下來，整理成書。後來，當這個星球遭到毀滅時，一些瑪雅人將這些科學技術資料，帶到了地球上的吉薩大金字塔內收藏起來，他們中的一部分人成為猶太民族的祖先，將那些科技資料破譯成古埃及文字和瑪雅文字，傳播於地球人類。而另一部分人則遷移到大犬座的天狼星球，成為那裡的星民，在星際間傳播著「大愛文化」。至於好鬥的梅洛特民族，一些星際戰爭都與他們有關……

就這樣，我開始思索一些問題……

地球人類的生活品質拜這些高科技所賜，得以漸漸提高，但人類始終難以抵抗各種欲望的誘惑，加上物質資源的日益匱乏，也會不斷地發動各種毀滅性的掠奪戰爭。人們在毀滅別人的同時，也在毀滅著自己！最終，人類將難免將自己的家園親手毀掉，讓地球成為另一個廢掉了的「瑪雅梅洛特」星球，步上瑪雅人的後塵。地球上的人類和地外星球上的高智靈生命，其實都源自於同一個祖先，大家不應該再彼此仇恨、互相廝殺、利用了！應該要和平共存，熱愛每一種型態的生命！

夢裡，金色書籍中還介紹了我們地球人類所生活著的子宇宙半徑是十四億六千五百萬個千億秒差距。在九大時空層中，除了最外邊的那個層沒有具體距離之外，其他每個時空層都是一億六千兩百七十八萬個千億秒差距。地球所占時空層的下三分之一距離是五千七百二十六萬個千億秒差距。這部分內容也沒發現與此有關的文獻資料，地球外太空距離第八時空層很近，常常反觀之影，漆黑無比。

就是因為這些讓人揮之不去的夢境和紀錄的不斷積攢，深刻思索之後，我決定接受那個一直跟著我的高能智靈人的要求，做他們的宇宙資訊記錄員。

說來也奇怪，以前吃了數不清的藥劑，來調理自己的睡眠神經，一直沒有奏效。當要考慮答應履行與「智靈資訊總庫」曾經達成的協議時，所有的病痛竟在一夜之間全好了！

終於，我考慮清楚了，我要做他們的資訊記錄員。這個閃念剛剛掠過，在腦海深處就接收到一條來自宇宙深空的資訊：「你終於答應兌現我們之間的承諾了！」

霹靂般的聲音，在我的腦海中炸響，差一點讓我暈過去，我雖然早有心理準備，但還是充滿了懼怕，只覺得天旋地轉。

「我還以為你們忘記了呢！原來你們還在等著我？」我問道。

「宇宙的高能智靈資訊總庫要甄選出一個合格的高素質接收記錄員，是非常不易的。你可知道，在你們這個充滿各種物質欲望與誘惑的時空層裡，我們淘汰了多少原定的資訊接收記錄員！經過地球時間三十一年的考察，你已經通過了我們的考驗，我們怎會輕易放過你？我們早就掌握了你出生時特殊的生命密碼，那是智靈總庫派發給你的。每一位被選中的資訊接收記錄員，都有一組這樣的特殊密碼。它們有著特殊的振動頻率，就好比你使用的手機號碼一樣，讓我們隨時都可以掌握到你的位置！再告訴你一個秘密，早在二〇七五年，我們就已經追尋到了你身上的『智靈子』的生命軌跡，而開始對你進行考察。當時發生的一切，你應該不會忘記吧？」

在內蒙草原所發生的一幕幕，像電影般地閃現在我的腦海裏，那是一段永遠也抹不掉的神秘、特殊而神奇的記憶……

「我們的協議都已經過去快三十年了！」我心懷僥倖地問道。

「你們的百年時間，都不如我們呼一口氣的時間長！即使我們打個噴嚏，你們這裡也需要上萬年的時間呢！三十年的時間只是一剎那，我們當然不會將剛剛發生過的事情全忘記。」也許是他感覺到了我心中的恐懼，於是變換了一種口吻，聲音和藹、幽默地和我對話。

「那您今天是從哪裡來的？我該怎麼稱呼您？」我特意用「您」這個地球人類尊稱來問話。

「我是『宇宙高能智靈資訊總庫』的特使，從本宇宙第二角宇區的三A度數空間來。你可以稱呼我為SQL老師。」

「可是我只能聽到您的聲音，卻看不到您呀？」我好奇地發問。

「你將雙眼閉上。」

我聽話地閉上了雙眼。啊！眼前分明清清楚楚地站著一位慈祥的老者，異於人類的是，他的頭上長著一對鹿角，唇邊有兩條長長的鬍鬚，身著一襲藍色的輕紗，被一團閃亮的藍光籠罩著。這位老者的到來，讓雙親早早離去的我，從心底感到親切。我將其直接改稱為「老師」並得到他的默許。

「靈兒，別猶豫了，你被『宇宙高能智靈資訊總庫』選中，是一件好事，人類需要瞭解那些未知、未解的各種宇宙資訊。你要為人類做出貢獻！」

「好！我記住了！絕不辜負『宇宙高智靈總庫』的期望！」

我睜開雙眼，滿含著熱淚，仰望著虛空……

自從有了昨天那次與「宇宙高能智靈資訊總庫」特使的神秘邂逅與親身體驗之後，我又有了一個新的名字——靈兒，這是「宇宙高能智靈資訊總庫」給我的一個「資訊接收代號」。其實我並不喜歡「靈兒」的代號，而更喜歡「靈紫」的稱謂。但是他們智靈總庫的特使，卻經常將高維空間的無形的「高能思維智子」稱之為「智靈子」或是「靈子」，而將「有形的智靈人」稱為「智慧人」。

從今天起，將會給我以後的人生，平添無限的樂趣。從此以後，我會樂此不疲地記錄所有「聽到」與「看到」的一切……

記得偉大的科學家—阿爾伯特．愛因斯坦曾經說過這樣一句話：「我們所能體驗的最美好的事物，就是神秘，它是一切真正的藝術與科學的源泉。」

我的經歷，恰恰給這句話作了最好的注解。

達蒙．卡萊爾看到這裡，不由深深的感歎：地球人還是沒能夠逃出宇宙高智靈人的手掌心！

達蒙．卡萊爾覺得，「日記」作者的奇特經歷，在當今社會已經沒有什麼奇怪的了！我們現在已經進入高速發展的高科技時代了，八百多年前的古人還能有什麼新的知識值得我們去瞭解和學習呢？達蒙決定再翻幾篇，如果無聊就不看了。

第二章

宇宙資訊記錄員生涯開始了

達蒙．卡萊爾終於看到宇宙資訊記錄員正式記錄的宇宙資訊的內容了。他邊喝著茶，邊漫不經心地翻閱著……破譯著……

二〇〇六年十一月二十日 晚上十一點

晚上，老師的資訊準時傳到，他說先給我上第一課。

下面是他給我講課的內容：

你們地球人類對「靈魂」一詞的理解，實際上偏離了其真正的含義！

我說：「靈魂就是神啊鬼啊什麼的，還能有什麼好的解釋？你們總庫高智靈人是如何看待這個問題的？」

老師的思維資訊波傳了過來，他告訴我說：「『靈』一個有著單獨生命密碼的『原始態高密度巨能生命資訊能量因數』（即智靈子），它與宇宙『高能智靈資訊總庫』有著特殊的溝通頻率，它存有極高的智慧資訊能量，根據資訊能量的多寡，存在於各種不同級別的生命能量場中，唯獨到了你是們的物維空間，才會分解成兩種生命智靈體，攜帶百分之九十以上能量的那個『智靈子』，會仍然在原來的生命能量場中生存，只有攜帶少量生命能量與相同生命密碼的

『智靈密度膠子』，才會在生命生物體中以『潛意識』形態存在流轉。『智靈』一詞，就是有極高智慧的『資訊能量因數』，記住這個詞！以後會經常用到。而『魂』則是只有在生命生物體中才會有的一種特殊的智靈粒子，你們通常將它叫做『丸態智靈思維因數』，簡稱『丸態因數』。它掌管著物質生命體的兩大物質系統，即神經思維系統和肌朊線粒體系統。靈與魂，並非你們所理解的那樣。當『智靈子』回歸到宇宙的『資訊能量場』中的時候，也就是生命生物體命運軌跡運行到終點的時候了。這些內容，以後我還會讓你身臨其境看到。」

老師接下來又繼續給我講解了以下內容：

在宇宙物質空間的每一個角落裡，都會有各種各樣的物質生命，以各種形式（有生物載體的和無形的）存在著，它們和你們擁有一個共同的生存空間。你們生存的空間，是一個「物質維數空間」，簡稱「物維空間」。

記住！大宇宙中自然生成的各種生命的「資訊能量場」，其強度、場力和環境，都決定著具有不同宇宙能量的生命個體的生命本質，同時，也決定著它們必須在相應的「宇宙生命的資訊能量區域」內生存（甚至是在非常極端的生存環境中生存）。否則，它們將會被不適於自己生存的生命「資訊能量場」淘汰。

高智靈的宇宙生命「智靈子」，在不同度數、維數與密度的宇宙空間層，或不同的物質星球上，根據該時空層或不同星球的環境特徵與條件，都會就地取材地適應並造就具有各種不同特徵的有著各類物質載體的生命現象。這本不足為奇！

還有，時間的差異造就了生命現象的差異。過去、現在、未來時間對「高能特使」而言，僅僅是三個不同的時空點而已，共存於「宇宙總資訊庫」中，這也決定了過去生命、現在生命和未來生命的共存特性。現在時間，體現著生命正在感知的現實生命軌跡；過去時間，透露著過去所有生命資訊曾經存在過的軌跡特徵；未來時間，則決定著未來生命資訊的存在軌跡特徵。

老師繼續說：「孩子，在你們三維空間，思維方法是二元系統論，認為萬事萬物都有相對的兩個方面，有『陰』就有『陽』，有『明』就有『暗』，有『顯』就有『隱』，有『善』就有『惡』……不要以為你們看到的就是宇宙的全部，按照你們的二元思維理論來界定，宇宙還有另一半，我們稱其為『陰宇宙』或『暗宇宙』，你們是看不到的；你們所生活著的是『陽宇宙』或『顯宇宙』，但也有很多你們看不到的暗物質，兩個『半宇宙』相輔相成，組成一個完整的宇宙。這個完整的宇宙可稱為『子宇宙』。以後我會帶你看到這個子宇宙的微縮實景。」

老師傳達的這些宇宙資訊，讓我產生了如夢如幻的感覺，如墜雲裏霧中，很費解。我平時很喜歡讀霍金的《時間簡史》和各種科幻小說，但是，老師的話，卻讓我感覺比科幻小說的內容更加科幻。

看到眼前這些被破譯出來的記錄內容，讓原本不以為然的達蒙．卡萊爾不知不覺地被牢牢吸引住了，他忘記了喝茶、看電視，甚至忘記了休息，現在已經是午夜時分了，但他毫無睏意。他又打開了下一篇日記，聚精會神地破譯下去。

二一〇六年十一月二十一日　晚上十一點

老師上課的時間到了，但是，卻沒有像昨天那樣上課，而是跟我聊起天來。他問我：「靈兒，你可知道你們地球人類為什麼把很多生命現象列為不解之謎？」

「什麼生命現象？」我不解地問道。

老師說：「為什麼你們一些人類的意識深處，依然存留著許多抹不掉的遠古時期的記憶？」

我說：「我曾多次夢見被人莫名其妙地追趕！好像很多人都有過這樣的夢境。」

老師說：「這就是你們來到外宇宙時空層的時候，總庫指派高智靈團追尋你們的記憶。」

「為什麼在你們有些人的頭腦中，會產生很多奇怪的『無意識』思維？」

「不知道！」

「為什麼你們有的時候，會出現不自覺的『下意識』行為？」

「不知道！」

「為什麼你們一些科學家，會受到『夢境』的啟示，而成就了一項項偉大的發明？」

「不知道！」

「為什麼你們有的藝術家，會有那麼多的緣自『神話』的藝術創造成就？」

「不知道！」

「他們頭腦中的藝術靈感和科學啟示，究竟是從何而來？」

「不知道！」

「為什麼你們總是要自問『我是誰』？」

「這個我當然知道！我有名字啊！」

「誰是我？」

「我就是我呀！」

我看著老師接著說：「活著就挺累的了，想這些有什麼用啊？」

老師笑著對我說：「你的腦子裏什麼資訊也不裝，最好是空空如也！其實，這些自地球人類出現以來，便一直伴隨著你們、困擾著你們的問題，除了在一些宗教讀物中有了一些模糊的、神乎其神的解釋之外，目前在你們現代社會中，還無法做出更準確的技術驗證與科學的解釋。」

我說：「虛無縹緲的想法！對人類毫無意義！」

老師反駁我說：「但是，在你們目前科學技術高度發展的當代社會中，仍不乏一些對各種神秘現象，比如外星智慧生命造訪，一些神秘的失蹤現象，各種神話傳說，以及熱衷於探討、爭論與幻想的一些怪人。你們人類有一個很有名的科學家就說過：『科學是過去的幻想，幻想是未來的科學』，但是你們今日的科技手段，還不足以探知與證明那些依附在你們意識深處的種種潛意識的存在。怪人們也經常會仰望著浩瀚的星空，將目前已知的種種神秘現象與神話傳說聯繫起來，加以幻想與創作。你知道嗎？這些人，將是人類科學理想的前驅，偉大的研究者與探索者！我們期待著這些精英，為人類智靈的進化、生存與回歸，做出更大貢獻！」

我說：「我們人類的精英達爾文，已經為人類進化做出了貢獻！您還期待著什麼人啊？」

「這我之後會慢慢講給你聽。」

達蒙·卡萊爾暗自想：「這些問題，我們有時也會思考，但終究還沒有得出一個明確的結論。不如看看日記裡是怎樣說的吧！」他又努力地將後一篇日記的內容一行行地破譯出來……

老師的這些話，我還沒有仔細地想過，不過，還是很期待這些答案的。

達蒙·卡萊爾又翻開了一篇日記，懷著一種渴望的心情，繼續逐字逐句地破譯起來……

二〇〇六年十二月二十八日 晚上十一點

快到元旦了，很想跟大家外出遊玩，晚上想多睡一會兒，可是老師又準時來了。老師說他們覺察到我想出去遊玩，於是給我傳達了一個這樣的資訊：

「今天我過來，不多說什麼，而是根據資訊總庫的安排，講一些宇宙間的小故事，為的是能提高你的記錄興趣，也許你會比較喜歡今天的課程呢。」

下面就是老師講的故事：

自我們宇宙第四次「暗能量釋放」開始至今，在這一百五十多億年的漫長歲月裡，宇宙「智靈資訊總庫」選派了很多高智靈「資訊智靈子」，到宇宙第六角宇區各個空間去開發、創業。為了阻止這些「智靈子生命流」外漂到第七時空層，智靈總庫決定，在宇宙中特意設置了兩道「生命天河屏障」，即「光離子玄波網」和「磁粒子玄波網」。但讓我們始料未及的是，你們的一些前輩「智靈子」，卻私自衝破了這兩道屏障，浪費了巨大的宇宙生命能量，來到了你們這個宇宙禁區——第七時空層，也就是G度數空間層。因此，我們開始擔心，並為你們將來的回歸，作了最為精心的籌畫。這其中，我們看到你們在那裡，既有成果業績、也有諸多的失誤和不為人知的隱私與犯罪。另外，還有許多你們並不知道的事情，一些很嚴重的事情會發生。

我聽到這裡，奇怪地問道：「老師，您為什麼將我們這裡，稱為『宇宙禁區』呢？」

老師：「靈兒，你們還不知道，你們所處的環境，是非常危險的，我們原本將你們這個時空層，稱之為『六角宇區第七度數空間層』，也稱之為『地宇空間層』（『地宇』的同音詞豈不成了『地獄』？）。意思是說，你們將會受到很多幻象的迷惑。為了給所有落到這個禁區的『智靈子』提個醒，才要不斷地給你們以種種天災人禍的警示，讓你們時時刻刻不忘提高警惕！後來，才又將這裡改名為『警戒空間層』。在這裡，還有更多的『禁區』，比如『銀河禁區』、『太陽禁區』在每一個禁區的周圍，我們都設置了堅固的隔離層，那是一個令你們更難以突破的隔離膜！你們有人會認為是我們禁錮你們，實際上卻是在保護你們！在這裡，你們都會存在於一種物質的生命載體，這個載體很脆弱，也是每一個『智靈子』的禁錮體。為了告誡你們的前輩『智靈子』擅闖『生命天河屏障』，不得不讓你們延續了他們所繁衍的載體，繼續經歷著物維空間所特有的各種磨難與情感。」

聽到這裡，我說：「我不給你們記錄什麼資訊了，既然讓我們這麼痛苦，而且還要經受各種磨難，我心裡很不平衡！」

老師說：「以後我會告訴你生命的秘密，只要你如實記錄，就會明白我們的一片苦心，你們就會從中悟到解除痛苦的方法，知道如何回歸宇宙智靈資訊中心了。」

「老師你不要騙我！」

這話引起了我的極大興趣，想知道禁區的屏障是什麼樣子的？生命到底有何秘密？

達蒙．卡萊爾不知不覺地也被吸引進去，他也非常想知道，至今科學界都沒能搞清楚的那張天系中的「隔離膜」到底是怎麼回事？他迫不及待地翻開了下一篇日記，剛剛拿起了筆，準備記錄一些破譯的內容。

鈴鈴鈴……一陣急促的電話鈴聲打斷了達蒙．卡萊爾的思考，他無奈地拿起了電話，聽筒那邊傳來了科學城「地球宇宙職能中心」值班人員的聲音：

「達蒙，我們監測到了遙遠的外太空有個七彩光團，正逐漸向我們地球靠近！請您馬上打開接收器，注意接收這些監測信息！打開接收器！」

達蒙看了手錶，不知不覺已經到了上班時間，為了破譯那本用特殊的高維宇宙文字記錄的日記，他到了廢寢忘食的地步！他放下日記，來到自己家中的「資訊接收室」，將接收器打開，頓時大量的彩色資訊湧入他的加密郵箱，新消息的標籤不斷地閃爍著……

第三章

「宇宙資訊特使」初現

對二十九世紀的人們來說，移動辦公已經是一種常態。達蒙就常常在家裡破譯高難度宇宙資訊，他的家裡就有一間全球最先進的宇宙資訊監測分析室。

此時，他急忙走進監測分析室，將目光集中在凹形的離子監視器上。他看到螢幕上的七彩光團，轉眼間變成了七道彩光，越來越近，進入地球上空……

彩光突破大氣層之後，徑直朝達蒙這個方向飛來，但只幾秒鐘，竟然不見了。達蒙正在焦急地調整儀器，窗外突然響起聲音：「不用找了，到這裡來。」達蒙抬頭看向窗外，一架碩大美麗的銀藍色飛碟，正停在別墅前面的停機坪上。

由於達蒙的工作性質，接待到訪的飛碟幾乎是每個月都會發生的事情。在三十世紀，雖然地球人還不能直接坐飛碟造訪其他「類人類」星球，但是，飛碟來訪已經是地球人常見的事情了。

可是這次飛碟顯得有些無禮，實在不該未經允許就直接闖入達蒙家的領空。一定有什麼事情讓他們顧不得禮節了，連看了一夜《天幕》的達蒙忽然莫名心慌起來。

飛碟上的人影都沒看到，一個聲音就直接發出來了：「你就是百慕達出生的那個孩子吧，是你在破譯《天幕》嗎？」

聲音極淡極輕，卻像炸雷一樣擊中了達蒙。

多年來達蒙．卡萊爾一直對自己的神秘身世隱藏得很深。

他的外祖父，是一位富有的美國銀行家，家產以億萬計算；但是，他的獨生女兒卻不願意繼承父親的家產，只迷戀大海，從哈佛退學後，考上了一所海洋學院，並在那裡和一位浪跡天涯的航海探險家墜入了愛河；未及畢業，又追隨愛侶，開始了海上的探險生涯。

達蒙的父母之所以能夠深深相愛，是因為他們共同癡迷於神秘百慕達三角的探險。

在經歷了各種海上驚險探索後，他們感覺儲備的海上探險能力已經足夠了。

於是，就在達蒙．卡萊爾的母親，懷著他八個多月的時候，他們將當時英屬的「百慕達」群島，選做了下一個航海的目標。

他們從佛羅里達州的邁阿密出發，穿過巴哈馬群島，直向東北方向的「百慕達」駛去。最使他們感到興奮的是，他們將從人稱「魔鬼三角區」的邊沿穿過。

「百慕達三角」是指北起百慕達群島，通過波多黎各島，到達佛羅里達海峽，邊長各約為兩千公里的三角形海區。

數百年以來，這裡海難頻頻發生，成為地球上最令人恐懼和迷惑不解的地區之一。

在這裡，有無數艘船艦、無數架飛機和無數人的蹤跡，會突然消失。令人奇怪的是，在這個「魔鬼三角區」內，人們竟然連一件殘片、一具屍體，甚至水面上的一滴油的痕跡都找不到。

令人擔心的事情發生了，達蒙·卡萊爾的父母，從一出發開始，就偏離了原定的海上航線（東北方），而徑直向東駛去。

在沒有任何參照物的洋面上，達蒙·卡萊爾的母親只感到頭暈目眩，她絕望地依偎在丈夫的懷裏說：「我們不該來這裡的。」

達蒙·卡萊爾的父親，深情地撫摸著她那金黃色的捲髮，說道：

「對於一個畢生要與海洋打交道的航海探險家來說，能夠永遠與海洋為伴，將是我們最好的歸宿與願望。」

「可是，我們的兒子還沒有見過這個世界呀！」

達蒙·卡萊爾的母親傷心地說。

這時，她突然感覺腹內一動，急忙對丈夫說：「小達蒙要出世了！」說完，便轉過身去，對著黑幽幽的大海說道：「大海！告訴你一個好消息！我們的小達蒙·卡萊爾就要出世了！他，也是你們的兒子，請你們善待他吧！」

接著夫婦兩人便閉上雙眼，緊緊地擁抱在一起，等待著被海洋漩渦吸入大西洋底，結束自己年輕的生命……

第二天，「百慕達」的格雷特灣的哈密爾頓港口，人們圍在一條船旁竊竊私語：「哇！這個嬰兒還是剛剛出生的呢！」

「是呀！他的爸爸和媽媽到哪裡去了呢？」

原來孩子的父母都了無蹤影，但是剛出生的孩子卻被獨自留在船上得救了！

奇怪！真是怪事！趕來圍觀的人們有些迷惑了。

大家真的弄不清這條無人掌控的小船，是怎樣駛進「百慕達」那被諸多群島環繞的格雷特灣，又是怎樣駛入了百慕達首府哈密爾頓的港口的？

人們趕緊用毛巾包裹好剛出生的小達蒙，送到醫院照護。

達蒙．卡萊爾的外祖父和外祖母從新聞中得知，自己的小外孫從百慕達三角洲歷劫倖存，急忙趕到醫院，將他接回。

海上出生的小達蒙，習慣了大海的氣息與波濤聲。每當他哭鬧時，只要將他抱到海邊，他便會停止哭聲，將兩隻胖胖的小手伸向大海的方向，燦爛地笑著。

每到此時，達蒙．卡萊爾的外祖父都會感慨地說：「到底是航海家的後代，這小傢伙也親近大海！」

他的外祖母眼含熱淚微笑著，親吻著小達蒙。

因為孩子熱愛大海，達蒙．卡萊爾的外祖父母就帶著他，周遊了加勒比海沿岸的所有國家和地區，使得正在牙牙學語的小達蒙．卡萊爾，不到四歲，便學會了四種語言：英語、法語、荷蘭語和西班牙語。這為他今後的傳奇人生，打下了良好的基礎。

這個時代的人類已經沒有了知識學習的任務，三十世紀的人類從小學到博士畢業學習的所有知識，只需要植入一個晶片便可以在四分鐘內完成。

因此，中小學教育的主要任務就是去體驗自然，因為任何知識都已經可以用晶片來取代，只有對自然的真實體驗需要學習，無法用晶片來實現。

由於達蒙．卡萊爾的父母得天獨厚的接觸自然的基因優勢，加上他出生於魔鬼三角區的特殊嬰兒早期體驗，僅僅三年時間，便體驗完了小學的課程。他的外祖父又派人將他送到休斯頓的一所教會中學學習，誰料僅僅才一年半的時間，波士頓的哈佛大學便邀請他入學就讀。

在這裡，他專攻天體物理學與宇宙資訊學。直到成為了「博士後研究員」那年，達蒙．卡萊爾才剛剛十九歲。

要知道，除非是母語，靠植入晶片學會語言的人，在交流的時候，都好像播放錄音一般，顯得過於標準模式。而達蒙不然，當地人和他對話的時候，總是感覺他好像從小就在那裡長大一般自然。令人不解的是，植入晶片讓他掌握的每一種外國語言，在他的潛意識深處，好像原本就會，只要有人與他對話，就像重新回憶起來一樣容易。

達蒙·卡萊爾十九歲就被招聘到人人嚮往的「地球宇宙資訊職能中心」的「SETI」部門（SETI是「尋找地外智慧生物」的簡稱）。接受著最好的體驗教育，在SETI研究所工作期間，達蒙·卡萊爾就顯示出驚人的感受能力、想像力和創造力。尤其是他那來自百慕達的特殊感應力，給他的科學研究工作增添了不少樂趣。二十一歲時，他已經是「地球宇宙資訊職能中心」的負責人，帶領幾十個博士生進行資訊搜索、分析與破譯工作。

憑著「百慕達魔鬼三角區」所賦予的特殊「魔力」，以及從小接受的優良教育，達蒙可以憑直覺感受任何來自宇宙空間的微弱資訊，但對於眼前這個藍碟，他卻什麼都捕捉不到。

這個藍碟上是哪個星球的人？他們怎麼會如此迅速地獲得我的資訊？

似乎聽到了他心裡的問題，一個藍碟人從飛碟中出來，邊走邊微笑著說：「孩子，你心中的疑問太多了。再這樣破譯下去，會走火入魔的。你們處在三維數空間，要想知道深維空間的事情，是極為困難的，更何況，那可是宇宙中心的最高機密呀！我是宇宙智靈總庫派來的飛碟特使，你這次觸及零空間的核心機密，我不得不趕來幫助你，同時也到了幫助地球改變命運的時空點了。」

說完，飛碟就像一團霧氣一般消失了。

達蒙趕緊衝回房間，將那本還在桌上的《天幕》翻開，那些彎彎曲曲的宇宙文字忽然間全部換成了達蒙熟悉的母語。

達蒙突然鎮定了下來，內心的不安，彷彿隨著熟悉的母語平復了。

他輕輕地打開書，首先映入眼簾的是《天幕》的前言。

原來這是一本記錄二〇七五年到二一〇七年間宇宙資訊的紙質圖書，是一本從未問世的前人日記。

上面赫然寫著這樣一段話：

「第六角宇區G度數空間層三度空間的地球人類精英們，一本由我們智靈總庫的資訊記錄員，在你們的空間忠實記錄我們所傳達的宇宙資訊的日記，我們已經重新核實所記內容無誤！你們的所有疑問，都將會從這裡面找到答案。所有得到這本日記的地球人類，將會從這裡接收到我們宇宙智靈總庫隱藏於內的高密度高智慧高層級的生命暗能量！」

達蒙深吸了口氣，接著早上沒看完的日記看下去，這次不用破譯，他飛速讀了下去。

二〇〇六年十二月三十一日　星期三　晚上十一點

明天就是元旦了，老師該讓我休息一下了吧。

沒想到老師還是按時來到我的身邊，給我講起了宇宙的起源，還帶我觀看一些彩色的影像——宇宙微縮實景。本次記錄有些不是原話，是我對那些彩色動態影像的語言描述。

在一陣頭暈目眩之後，我就像作夢一般，跟隨老師來到了一千一百一十五億年前，看到了宇宙當初在誕生的時候令人驚心動魄的畫面！困惑人類的種種宇宙之初，終於讓我有幸親眼目睹了！

恍恍惚惚地，我彷彿置身於一個柔和、舒適的空間，時間好像凝固了，身體似乎被一個「零」的圓空間包圍著，那時，我都已經感覺不到周圍時空的存在了。

我忽然發現，身體正被一個亮亮的透明的球包圍住，我就端坐在球裡面。向四周望去，無論朝哪個方向看，都能夠看到自己的影像。我猜這個空間的內壁，應該是由一種類似鏡面的物質所構成的。

原來，老師為了保護我的低能量的靈體，不受到各種宇宙射線的傷害，將我置身於一個堅固無比的透明的大「密碼能量團」裡。

在這個「能量團」內，佈滿用意念就可以控制的開關，使我既可以瞬間返回北京的家中，也可以立刻破壁而出，成為「非物質形態靈體」的一點靈光。

在宇宙的高維空間中，如果沒有了「密碼能量團」的保護，自己那低能量的靈體，就會被那裡的高宇能融化掉。回到了我們所熟悉的第七時空層，回到地球人類的有生物載體的物質身體內，才有可能適應這裡的生存環境。

所以，在每一個高維空間層中，我也只有待在「能量團」內，才能保證安全。

漸漸地，我感覺不到自己的存在了。甚至，連那個包圍著自己的「能量團」也不復存在了，只看到無數的光點，在黑暗中閃著耀眼的銀光。

這些光點大小不一，正中心有一個點比任何光點都大、都亮，我稱之為「零點」。我還發現了一個奇怪的現象：「零點」一側的「黑暗空間」好像越來越小，像被一股什麼看不見的力量充斥著！那些小光點好像都存在意識，並不時地互相吸引，又不時地互相排斥著、碰撞著……

漸漸地，有不少小光點，都被擠壓到那個大光點旁邊。而且，只要它們一靠近大光點，就會馬上被吸過去，並融入其中。

那個大光點逐漸大了起來。

因為吸入的小光點，能量有大有小，它們運行的軌跡也有快有慢，這使得大光點不再靜止不動，它有些不平衡了，開始慢慢地旋轉起來……

黑暗中的大亮點旋轉的速度逐漸加快了，使得周圍的引力更強了，形成了一股「光粒子旋風」和「光粒子旋風流」。

一時間，它就像龍捲風一般，狂吸漫捲著周圍的小亮點光子。

緊接著，幾乎所有的小光點，都被吸入那股無法抗拒的「光子旋風流」中……

最終，形成了一個太陽般的大能量光團，亮亮的，並不斷地放射出刺目的銀色光芒。

這個銀色能量光團，將空間的所有小光點，都旋轉著吸融後，又慢慢地停下來了，周圍又陷入幽幽的黑暗。

此時，包圍著大銀球的內鏡面又出現了，只不過朝一面呈S形狀凹進去，凹鏡面之外是一片亮亮的景象，遙遠之處有一個圓圓的黑幽幽的洞點。在鏡面上，無論怎樣移動目光，都能顯現出那個光亮的大銀球。

我正欣賞著這特殊美麗的畫面，不料，那個剛剛形成的大銀球，卻傳出了這樣的資訊：「我是第三宇宙資訊中心——智靈總庫。」

這種資訊，是那樣的強烈，使我的潛意識，受到了極大的震撼！畫面中的「智靈總庫」像鑽石般閃耀！

他為什麼說自己是「第三宇宙」的「智靈總庫」呢？我不解地想著，難道有三個宇宙嗎？那另外兩個宇宙，究竟在哪裡呢？

「靈兒，」宇宙特使感受到了我的疑問，便在意識中告訴我：「正中心的那個是平衡『陰宇宙』和『陽宇宙』的『智靈總庫』。我們的大宇宙『智靈總庫』以上，還有一個更大的『無極智靈總庫』，從中分裂出無數以順序號做標記的獨立的『智靈總庫』，每個大宇宙都有一個這樣的『智靈總庫』。你們就是生活在這個第三號『智靈總庫』所統治著的大宇宙中。因此，每一個宇宙『智靈總庫』，都分別統治著各自的陰、陽宇宙，它們相互之間，都是獨立的，並無來往。大家共存於一個『無極暗能量宇海』當中。」

「對了，我想起來了！我記得有一次曾經看到過一份影像資料，說的是地球上有幾位天體物理學家，也曾提出來這種觀點。他們也認為，在我們的宇宙生成之前，在『五維空間』裡，就已經存在著另一個『隱藏』著的宇宙了。現在看起來，在『無極暗宇海』當中，還不僅僅存在著一兩個宇宙，而是存在著無數的宇宙，只不過還沒有被人類發現而已。」我暗自思索著。

就在我正愣愣地體味著特使的話語時，那個亮亮的大銀色密碼能量團放射出的光芒，突然變成弧形散狀，明顯的是受到了擠壓。

驟然間，「嗡」的一聲爆炸了，那種情景就像核裂變，使那個呈S形狀凹進去的凹鏡面，又漸漸地凸出去了，這半個宇宙的發射性的時間計時開始了！

那絢麗的光彩，耀眼奪目。

星星點點的彩色光子，帶著無數的「智靈因數」的意識資訊，迸射開來，就像「天女散花」一般，射向了深邃的半宇宙空間……

那蔚為壯觀的場面，是地球人類永遠也想像不出來的！

被無形能量擠壓而釋放出的震動著的「光粒子衝擊波」，就像風拂水面一樣，形成了巨大的「光子漣漪波」。

「密碼能量團」帶著我，也隨著那巨大的「光子漣漪波」，向四周飄蕩著。這個漣漪波並不是圓形的，有一側飄蕩到一個呈S形的邊線後，我就再也看不到它的蹤影了。

這時我又發現：從銀球中心的亮『零』點裡，齊刷刷地爆裂出了六個等亮的大彩色光子丸，它們分別朝著銀球的上、下、左、右、前、後的方向彈出，而且，它們不管離開中心亮點有多快、多遠，卻始終保持在同一個球層面中，就好像始終在一個「光子漣漪波」的圈內。

令人不解的是，這六個光子丸，即使是到達了球形的內鏡面，卻總也穿越不出去。在中心亮光團與六個光子丸之間，好似總有六條無形的彈力線，在不斷地拉扯著；而且，這種彈力線，是隱匿於各個漣漪間的，並分別連接著每一個爆炸噴射出去的光子點，它們形成了一個密密麻麻、多層面的「暗天網」。

隨著「光子漣漪波」的擴散，漸漸依次出現了九色光環：它們依次是銀、紫、靛、藍、綠、金、橙、紅和灰色的立體層面。

實際上，說它們是九色光環並不確切！應該說，它們只不過是一個切開的半個同心球的球面。它們形成一個有著九個層面、九種顏色的同心球，各個顏色的分界介面之間，有著淡淡的相融色彩。

讓我感到奇怪的是：那個包圍著這一切的內鏡面，竟然是由密集的銀色光子粒和隱性的光磁電核引力圈構成的。

當宇宙爆炸的大衝擊波產生的「光子漣漪波」，漸漸波及到內鏡面時，它們便會被擊碎而起伏不定，接著，又會被反彈而回飄到鏡面，並又不斷依次映照出灰、紅、橙、金、綠、藍、靛、紫和銀色的光彩影像，顯現出一幅真正的「宇宙微波背景圖」！但不久，被撞碎的鏡面，又會因為相互間所存在的強大吸引力，而再次密集起來，重又形成一個光可照人的內鏡面，保護著裏邊的大宇宙。而當那些內鏡面被擊碎時，濺落並被彈出內鏡面的眾星星點點，則永遠飄落在無邊的黑暗的「無極暗宇海」之中了。

我看到在內鏡面裡，可以清清楚楚地映照出銀亮球心，及其一系列的各種變化情景影像來。所不同的是：內鏡面所映照出的影像，雖然與原景物一般無二，但它們，卻是同原景物對稱的反像，而且，無意識、無聲息，影像與原景物之間，無法進行任何資訊與意識的交流。一旦等到內鏡面重新形成，靜待片刻之後，被撞回的宇宙「光子漣漪波」，便又會一圈圈地向內收縮，一側的凸鏡面，又開始漸漸地凹回來，直至宇宙中心。這時，那個耀眼的銀亮球心，就會「轟」地一聲，又開始向著相反的方向旋轉，九個層面之間的距離，便又開始不斷地縮短，直至全部捲入球心，又重新形成一個大大的、亮亮的、放射著耀眼光芒的銀色球體。時間到此，重又歸於「零」。鏡面所映照出來的，便又是那個亮銀球了。

此時，銀球又傳出了一個新的資訊：「我——已——經——壹——宙——歲——了。」

這時，我這個數學並不好的人，默默地按照自己習慣的計算方法，在計算著這個宇宙「一宙歲」的週期時間，大約已經過了三千兩百一十億年。

正當我愣愣地盯著「內鏡面」裡的大銀球，並正在仔細地觀看著它時，一種強烈的潛意識波，打入了我的腦海中：內鏡面裡的大銀球，即是另一個大宇宙——「反宇宙」的「智靈總庫」，但它沒有任何獨立意識，僅僅是我的一個反像而已。

我的特使老師，用極度濃縮的方法，在極短的時間內，為我演示了我們所賴以生存著的宇宙，在誕生「一宙歲」時的繁雜過程，這種不用詳細記錄的彩色影像傳達方式，給我開啟了一扇窺視宇宙演化的門，像觀看電影一樣有趣！

這真是一個有意義的元旦啊！

達蒙．卡萊爾看到這裡，有些奇怪，至今人們都未能瞭解到宇宙的全景知識，這本二十一世紀的日記裡，卻能夠如此真實地將宇宙全景展現在我們的面前，真不可思議！

他自言自語地看著那張畫面說道：「從古至今，有哪個時期、哪個國家能夠將宇宙的神奇畫面展現給我們？看那個像鑽石般閃耀的光斑，不就是日記中所說的『宇宙智靈總庫』嗎？哦，對了！那就是宇宙中心之眼啊！」

第四章

黑洞和白洞

二一〇七年一月十五日

今天我問特使老師，是否還有更有趣的宇宙彩色影像讓我觀看？

老師笑著又將我裝到能量團內，帶到「智靈總庫」，從中心向外觀看。

我往外看，只見每個時空層的層面上，都有大小不一的黑點，且一層更比一層黑；而他再用意識，帶領著我從外層向「智靈總庫」觀看時，卻又會看到在每個層面上，都有大小不一的白色亮點，而且，一層又會比一層亮。還有，這些黑點和白色亮點，都不是靜止不動的，它們會隨著各自層面的錯動而飄移。當各個層面上的白色亮點，恰巧飄移在同一個「向心縱線」上時，則可以像看單筒望遠鏡一樣，直接看到宇宙「智靈總庫」銀色炫目的光芒。

老師明確地告訴我說：「這就是你們人類渴望而不可及的白洞現象！」

我說：「那如果從裡向外面看呢？豈不就是黑洞了？」

老師贊許地笑了笑：「當然是！」

我趁機問老師說：「老師，有的人將宇宙膨脹叫做白洞現象，又將宇宙的收縮叫黑洞現象，對嗎？」

特使老師聞言哈哈大笑了起來：「他們的想像也太豐富了吧？但你不要混淆人們的思維！」

我讓老師給我講講「黑洞」和「白洞」，老師說以後有機會的。

「靈兒，你隨我到第七個時空層面，也就是那個紅色的層面去！」老師提醒著我。

於是，特使老師帶著我這個在宇宙間漂浮的「能量光團」，來到了一條紅色的光帶中。隨著紅色光帶的旋轉與錯動，那時我根本沒有呼吸，卻彷彿屏住呼吸般靜靜地觀察著……

「哎呀！那不是銀河系嗎？」

望著眼前的景致，我不由得喊出了聲。

透過「密碼能量團」，我好奇地朝外注視著，發現在繁星閃爍的宇宙空間，竟然漸漸地顯現出十二顆星球，正在飛快地圍繞著太陽旋轉。

「這是太陽系！這我認識！」我高興地喊著：「老師，奇怪！太陽系外邊好像有一個透明的膜包著，也像一個鏡面。老師！老師！太陽系裏邊的星球好像都出不來，都被封閉了！那我們地球豈不是也被封閉在內了？」

我轉念一想，不可能！我現在不就是在太陽系的外邊嗎？我高興地指點著：「從中心數，第三顆藍色的星球，就是我們的地球！真難以想像出，這麼大的地球，在宇宙中，如果不仔細找，還真的不容易找得到呢！它竟然連顆沙粒都算不上啊！」

我沉浸在極度的興奮之中，不時地發出聲聲感歎與驚叫。突然間，我又感覺到一種難以名狀的資訊傳來：「我……『智靈總庫』的高頻資訊波，無處不在！」

「這種無形的宇宙意識，就是一種高能量資訊波，它的傳達速度極快！而且極密集！頻率極高！」老師告訴我：「它就像你們地球上空的定位衛星一樣，形成一個密佈的無形的網。雖然看不見，卻能滲透到宇宙的各個時空層！」

就在這時，一種強烈的高頻資訊波，又清晰地傳來：

「智靈子，我讓你感覺到了我所統治著的另一個宇宙，那就是你們所說的『暗宇宙』！」

智靈總庫的資訊波，明確地傳達到我這個地球人類的宇宙資訊記錄員的潛意識中：暗宇宙是一個無形的能量極度密集的「絡合信息網」。

到此，宇宙的真實面目，我通過特使老師的帶領，來到極度濃縮的時空中，終於體驗完了。看完這一切，我坐在「能量光團」內，心中不斷地湧動著一股股熱潮：是驚異？是激動？還是興奮？我說不出來。

「老師，宇宙確實是膨脹而不斷脈動。它盡管是無限大的，但還是有隨之而膨脹的邊，也就是由密集的銀色光子粒和強引力構成的內鏡面。」我們回到家中後，我向老師發問著。

「不錯，」特使老師說：「宇宙有九個大的度數空間層，它們之間的距離，對你們來說也是大得驚人的。而且，每個空間層，都有其特屬的顏色與能量場。所謂的『均勻的宇宙』是錯誤的，因為你們並沒有看到宇宙的全貌。」

稍頓一下，他繼續說道：「有關『嬰兒宇宙』的理論，倒還可以理解。還有，所謂的通過『蟲洞』，相互連通的絕對不會是兩個『宇宙』！倒有可能是兩個『時空層』，但依你們目前的能力根本辦不到！」

望著老師的影像，我突然想問：「這麼大的宇宙，我們到底在哪裡呀？」

老師立刻感知道了我的問題，馬上回答：「你們人類所有的活動都在圓形地球的表面，無論怎樣走都沒有盡頭，由此而推論宇宙也是無邊的，這是錯誤的！因為你們沒有能力看到宇宙『內宇鏡』的邊，也不可能生活在宇宙邊層之外。這就像那些在地球內部生活的『地內智靈生命』一樣，如果他們沒有高能量、高科技，同樣也找不到地球的邊在哪裡。你們實際上是生活在大『宇宙球內』的一個『度數空間層』裡面，準確地說，是在第三大宇宙的陽宇宙的第六角宇區的G度數空間層的一級生命能量場裡的三維度（物維）空間能量場中。在那裡是永遠也找不到大宇宙真正的外邊界的。」

聽到老師的話，我終於明白，為何我們永遠找不到回去的路——因為我們都不知道自己到底生活在何方。

「宇宙智靈總庫離我們這麼遙遠，我們該如何回歸呢？我們是怎樣來到這個第七時空層的呢？我還特別想知道：在宇宙第四次能量釋放至今的一百五十多億年的歷史長河中，我們是怎樣生存、進化到現在的呢？」

我的疑問，一個接著一個地冒了出來！

老師雖然沒有直接回答我，但我強烈地感受到，老師很高興，他的這次任務圓滿完成了，因為我對宇宙資訊知識的興趣，已經被他極大地調動起來了，我也很迫切地想瞭解並記錄以後的宇宙資訊了。

注：我認為，宇宙間的「黑洞」和「白洞」，人們還沒有真正的瞭解清楚！實際上，我和老師看到的才是宇宙真正的「黑洞」，「黑洞」是連接我們本層度數空間和下一個度數空間的「通道」；而「白洞」則是我們本層的度數空間和上一個度數空間的「通道」而已。還有我們地球人類在大宇宙中的位置，還是無法想像。

達蒙·卡萊爾看到這裡，不禁倒吸一口涼氣，驚歎道：「這本日記裡記錄的內容，連我們今日已經掌握各種高科技知識的專家們都不甚瞭解！真是一本『天降奇書』！」

他又急忙翻開下一篇日記，他發現日記中的一幅幅插圖，都是非常震感人心的畫作！

第五章

六個「角宇區」

二〇〇七年一月十八日 晚上十一點

今天的課程，老師帶領我觀賞宇宙大角宇區域形成的過程。

在微縮的宇宙影像中，我看到了「宇宙智靈總庫」是如何用一種隱形之力，將大宇宙劃分出六個角宇區的全部過程。我身臨其境般地看到了一個靈動的世界……

正在我聚精會神地觀看著「密碼能量團」外面的世界時，突然間，聽到「啪」的一聲巨響，便糊里糊塗地失去了意識……

等我清醒過來的時候，發現保護我的「能量團」不見了！自己已經沒有了物質靈體，只剩下了點點星光，成為一個空有意識的小智靈光粒子了。

我恐懼地呼喚老師，說：「老師，我的能量團消失了！」

我被崩了出來，只殘存著一點獨立的意識。

「這下可好了！」我感覺特使老師搖著頭，無可奈何地對我說道：「我也不用特意保護你了，你破壁而出，只有融入原始的宇宙空間，自己去用意識體驗了！」

老師雖然這樣說，但我知道他還是暗暗地用自己的特殊智靈，將我的「智靈子」，滴水不漏的保護起來，以免與當時的宇宙智靈總庫的意識體相融（如果相融了，也許我就回不來了）。

老師又將宇宙的形成過程簡短地演示了一遍。我默不作聲地觀察著自己周圍的神秘世界。在這裡，除了無處不在的各種宇宙資訊意識之外，就只有數不清的小光粒子了。那時，它們散佈得不是很均勻。

這些光粒子，每一個都是獨立的意識體。它們都有很高的宇宙能量，還能夠不斷地去捕獲周圍更小的光粒子的能量，來補充自己。周圍的空間漸漸受到擠壓，就像上一次看到的一樣，有一個顯得特別「聰明」的光粒子開始慢慢地旋轉起來，並不斷地加快旋轉的速度，將周圍帶起一股旋風。

這股旋風，就像龍捲風一樣，將周圍的所有光粒子都吸卷在內，我也差一點被吸進去！他不斷地變大……同時，能量也在逐漸地升高……

當混沌世界中所有的光粒子，都被擠壓、聚集在一起的時候，它們組成了一個銀光耀眼的大光團。這是一個有著極高能量的宇宙獨立意識體！

「糟了！」我的意識體低低地叫了一聲：「我有些模糊，快要被大光團吸融了！」

「不要怕，這個大光團，就是宇宙智靈總庫！我們都是他其中的一個小智靈光粒子。他有著所有光粒子的正負兩種意識能量，並將它們轉化為一個獨有的宇宙意識能量。在將來，他還可以將你分離出來。此時，你試著在這個光團內靜靜地體驗他的最初意識吧。」

我強烈地感受到此時的「宇宙智靈總庫」，是一個陰陽共同體。他用一種特別柔和的能量光波將我包裹起來。我感覺他在生成之後，被一種難言的孤獨與寂寞籠罩著。為了向我這個來自地球的人類「智靈子」顯示作為「宇宙智靈總庫」的聚、裂能力，他開始不斷地對著內宇鏡變化、聚集著自己的意識能量，繼而轉化成我們地球人所熟悉的各種不同形態的影像：既有飛禽、走獸的形影，也有風雨雷電的影像；他嘗試著聚出了花草樹木和山川河流，甚至還有類似北京城內的樓宇廣場和雄偉壯觀的故宮宮殿……

內宇鏡內，剛剛還是萬道彩光；轉眼之間，又變成了電閃雷鳴……

凡是他的意識所動，內宇鏡裡都有模糊的影像出現。在我的腦海中不由想起了愛因斯坦的質能互換理論。

我傻傻地欣賞著智靈總庫的「意識傑作」，這真的是一個人類前所未有過的特殊體驗。也許高維空間的智靈人都有這種神奇、變化的本領。

「宇宙智靈總庫」就這樣不斷地演化著，對著內宇鏡欣賞著，他閱遍了無數個大千世界。這個高能量的意識體，在不停地聚集著，翻騰著，裂變著……

我感知到宇宙「智靈總庫」的思維在活動著：這個宇宙太大了，要想統治好這個宇宙，必須將它們分成區域來管理！

於是，宇宙智靈總庫從自己的大光能量團中，裂爆分離出六個大小相同、能量相等的「空極能量團」，按照分離的順序，給它們分別配備了數字代碼。

這六個空極能量光子團，既有各自獨立的思維意識，但又脫離不開宇宙「智靈總庫」的潛意識能量網的控制，就像有六條無形的彈力暗線，隨時在操縱著它們一樣。我的腦海中突然接收到了一個信息：「這就是九九維空間能量場！」

後來，宇宙「智靈總庫」又開始將大宇宙劃分成六大區域，分別由這六個「空極能量團」來統治管理，它們又成為了各區域的「空極智靈中心」。

我看到他從自己的球中心，分別向四周噴射出了好多條射線，直達宇宙的邊緣，將宇宙劃分成上、東、南、西、北、下共六個「四棱錐體」形狀的大區域。

「哎呀！這不就像我們地球上金字塔的形狀一樣嗎？」我的意識在暗暗稱絕！默默地觀看著當時的情景。

只見宇宙「智靈總庫」，又在各個宇區之間，布上了一層由強光、宇磁和電離層構成的「宇界網」，使各個宇區之間，看似無界，卻又不能夠互相融合。

為了方便記憶，宇宙智靈總庫將這六個大宇宙區域稱為「角宇區」。它們分別為「天角宇區」、「東角宇區」、「南角宇區」、「西角宇區」、「北角宇區」和「地角宇區」（簡稱為「地宇區」），按照從A到F順序分別對應著命名為「A宇區」、「B宇區」、「C宇區」、「D宇區」、「E宇區」和「F宇區」，又依次稱為「一、二、三、四、五、六宇區」，其中一、二、三各角宇區是暗能量區，我基本上看不見。但四、五、六各角宇區我能看見，它們的能量場也大致相同。

宇宙智靈總庫又分派那六個「空極能量團」，分別統治著一角宇區、二角宇區、三角宇區、四角宇區和五角宇區、六角宇區的宇宙區域，成為每個角宇區中的「A級空極智靈中心」。宇宙高智靈總庫將自己所統治的宇宙中心稱為「零空間」，位於六個角宇區的核心位置。後來，宇宙「智靈總庫」將六個「空極能量團」，推到「零空間」外邊的「第一度數空間層」的各個角宇區內。說是推，實際上是因為這六個「空極能量團」的宇宙能量場，不適合在「零空間」生存，這個空間層是亮亮的紫色。這裡同樣是一個高維數空間層，僅僅低於零空間。

在紫色的「第一度數空間層」中：

第一A角宇區的智靈中心為一號A級空極智靈中心。

第二B角宇區的智靈中心為二號A級空極智靈中心。

第三C角宇區的智靈中心為三號A級空極智靈中心。

第四D角宇區的智靈中心為四號A級空極智靈中心。

第五E角宇區的智靈中心為五號A級空極智靈中心。

第六F角宇區的智靈中心為六號A級空極智靈中心。

從此以後，宇宙安定下來，按照當時的宇宙規律運行著。

這個宇宙太大了，如果讓我看的不是微縮了的全息宇宙，地球人根本看不到他的全貌！

記得上次宇宙特使老師告訴過我，我們地球人類生活在宇宙的第六角宇區的第七時空層的三維度空間裡面。

看完這篇日記內容，達蒙．卡萊爾的思緒紛紛：

「我們研製出那麼多高科技的望遠鏡，竟然沒有記錄員記錄宇宙天體知識深奧、全面！」

「真沒想到！在幾百年前記錄的天體宇宙知識，我們到現在都還沒有弄明白！慚愧呀！」

他仔細端詳著那張巨幅的黑白畫作插圖感歎著：「這幅繪畫作品，雖然只有黑與白兩種顏色，卻真實表現出宇宙誕生時震感人心的畫面！那該是一位什麼樣的天才畫家呀？看來這位畫家的這幅作品，絕對超過了以往的達文西、畢卡索、馬蒂奇和波洛克等藝術大師的繪畫水準！」

他不住地讚歎著。

這時，達蒙教授的一位博士生敲門進來，看到日記中的那副黑白插圖，告訴老師說：「達蒙教授，我見過這幅畫的真跡，那是我一位朋友的祖上收藏的，就是日記裡面展示的這幅畫，好像叫什麼『創世紀』。當時市值還不是很高，他的祖上僅僅花了一千二百萬元美元就到手了。」這位年輕的博士自豪地告訴老師。

達蒙教授搖著頭說：「那現在這幅作品的市值，應該是一個天文數字了吧！我不懂繪畫藝術，你能告訴我，這是古代哪位畫家畫的？這位畫家是怎麼畫出來的呀？我簡直無法想像！」

「我們到繪畫藝術大師資料庫去查一下，不就知道這位超越所有已知的畫家是誰了嘛！」博士生回答。

到了午餐時間，達蒙教授揉按著疲憊的雙眼，起身匆匆用過餐之後，又將注意力全部投入到下一篇日記中，他將一篇二一〇七年一月二十七日的日記，投影到穹形天幕上，自己欣賞著。

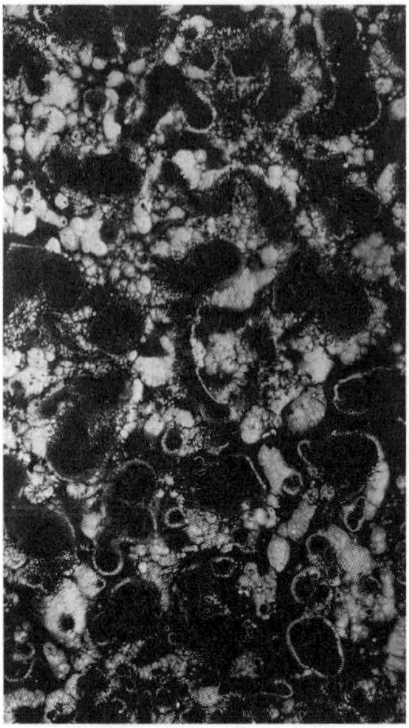

二一〇七年一月二十七日　晚上十一點十五分

特使老師晚了十五分鐘，一開課就講宇宙的「生命天河屏障」的故事，下面是課程筆記。

就在宇宙「三宙歲」時，宇宙中還沒有設置

「生命天河屏障」，那些「有生物載體的智靈子」，曾被甩落到第七時空層的最多，也就是這個時空層「有生物載體的智靈子」，回歸到我們「宇宙智靈中心」的家是最艱難的。因為，他們面臨著兩個最大的困難與危險：

（1）準備回歸的「智靈子」，與其生命載體即有生物載體的「物質生物體」的分離，是很痛苦的。

（2）來自第八度數空間層，生命場四度空間中，載有種種負能量的「邪惡意識」同頻資訊的誘惑，是他們最難以抵擋的，也是最危險的。

當時生活在那一空間層中的「有生物載體的智靈子」，也同樣都是從宇宙「智靈中心」分離出去的。那時，他們同樣是為了實現宇宙「智靈總庫」開發、繁榮第六角宇區的理想，不畏艱辛，從遙遠的宇宙中心「零空間」，經過了「第一度數時空層」，穿越了「第二度數時空層」、「第三度數時空層」，又來到了「第四度數時空層」、「第五度數時空層」、「第六度數時空層」和「第七度數時空層」（也就是我們所生存的第六角宇區、第七時空層的三度空間能量場）。

還有一些智靈子，因為宇宙生命能量的極大損失，不得不墜落到第八度數空間層了。

老師在敘述宇宙三宙歲時外飄的智靈光粒子在回歸時所遇到的種種艱難時，聲音有些顫抖、悲愴！他說：「智靈總庫」絕不願意讓這樣的悲劇在宇宙四宙歲時的智靈子們的身上重演！因此才在各層天之間，多加了兩道阻止「生命光子流」外飄的「生命天河屏障」，那是一種非常堅實的「彈力膜」，將生命「智靈子」分別阻止在第三和第六度數空間層之間的範圍以內。

當宇宙真的到了第四宙歲時，由於各種智靈粒子的能量弦，所產生的共同頻率等智靈因素，導致一些智靈光粒子們衝破了生命光子流的第一道屏障——光離子玄波網，後來，又有一些生命光粒子私自衝破了生命光子流的第二道屏障——磁粒子玄波網，最終又掉到了第六角宇區第七度數時空層的一級能量場的三度空間中。

從那時開始，剪不斷的厄運與痛苦，就一直伴隨著有了生命載體的後代子孫們！

老師長歎了一聲，說道：「你們前輩們那時所犯下的錯誤，讓他們的後代子孫們一代又一代地繁衍、承擔下來。他們不僅要時時品嘗著各種天災給生物載體帶來的痛苦與不便，還要無休止地忍受著天譴所帶給他們心靈深處的種種折磨。」

老師告訴我：將來你們回歸宇宙中心的家園時，「第七度數時空層」中的每一個「有生物載體的智靈子」將會困難重重，且不說需要穿越每一個時空層近一億六千三百萬個千億秒差距的遙遠距離，僅僅是尋找通往上一個時空層的「白色時空隧道」就已經難如登天，更何況，還必須要有足夠的生命宇宙能量，才能夠去衝破那堅實的「生命光子流」屏障。最後，還必須要尋找到那一條回歸的捷徑——白色時空隧道（白洞），就更是難上加難了。

宇宙「智靈總庫」有些後悔當初的決定，不該放鬆對那些離開「智靈中心」的智靈光粒子們的監視，讓他們飄得那麼遠。尤其是看到他們衝破了宇宙的最後一道生命防線飛降到第七度數時空層，成了一群「有生物載體的智靈子」時，就更加後悔異常。這將使他們接觸到五彩繽紛的有生物載體的「物質世界」：能夠聽到悠揚美妙的聲音，還能夠品嘗到煎炒烹炸出來的種種美味，能夠切身感受到什麼是痛苦與舒適，能夠品味出悲傷與愉快、不幸與歡樂。面對那種種「物質世界」的誘惑，那些智靈子們還怎麼願意回歸到一個「超物質的無形世界」中來呢？

老師告誡我說：「就是這些有形的物質，不斷地給你們無形的智靈『回歸』造成了種種威脅與牽掛。同時，也使你們的『智靈子』的回歸，增加了更多的難度；也正是因為這些降落的『智靈光粒子』有了物質載體，才讓那些具有負能量的邪惡、醜陋、卑鄙的意識深處的種種感官欲望，得以對他們施展種種的腐蝕與誘惑。

「讓宇宙『智靈總庫』最最痛心的還不僅僅是這些，而是你們這些在『物維空間』有著物質載體的後代子孫們，因為世世代代地在各種不同的物質載體中輪轉，看不清自己的智靈祖輩與親緣，竟然為了個人的私欲，互相殘殺、弱肉強食。在你們的餐桌上，已經分不清哪些食物曾經是自己『兄弟姐妹』智靈子的生物載體，哪些是自己曾經的『父母長輩』智靈子們的物質載體，哪些又是自己曾經最最寵愛的『後代子女』智靈子們的生命載體了。」

我聽到這裡，不想再記錄了，這已經超出了我的認知範圍了。我的心不知道為什麼，總是有些微微的顫抖與刺痛！

老師感知到我的情緒變化，於是將他強大的「愛」的能量，融入到我的意識中去，使我感受到了他那強大的「愛」的能量場，在我的靈魂深處激起了陣陣漣漪，就像是體內有一根根細細的琴弦，被一隻溫暖無形的手撥動了。那是一種說不出來的特殊的親情共振，是暖意融融的母腹中孕育著的胎兒，在意識清醒時一種真實的天倫之樂！

今天老師講的好像是宇宙空間有種種生命屏障，應該是一些什麼電磁流、引力場、核磁爆之類的能量隔離層，還講了地球人類有生命載體的緣由。

達蒙·卡萊爾看完這篇日記，暗想：人類的智靈生命原本是不允許到我們這個空間裡來的，可是為什麼後來又都下來了呢？只有我們這個時空層才有物質形態的一切星體和物體，人類也一樣，有了物質的生命載體。還有那個光離子和磁粒子構成的「彈力膜」、宇宙空間裏的「黑洞」與「白洞」……

他接著翻看下一篇日記，但首先撲入眼簾的仍然是一幅震撼人心的畫面！

第六章

「零空間」以外

二〇〇七年三月五日　晚上十一點二十

下面是根據宇宙特使老師帶我觀看到的彩色影像，我所做的記錄。

「零空間」，位於陰陽宇宙「分界線」的中心地帶；「智靈中心」則處於「零空間」的核心位置；而「智靈總庫」就是「智靈中心」的「核心之眼」。無論兩半宇宙如何膨脹、收縮，互相擠壓，它都是靜止的。

「智靈總庫」高能量光團以強大的吸力，將六個「空極能量團」緊緊地旋轉著吸到自己周圍。突然，只聽「嗡」的一聲巨響，「智靈總庫」那密緻的高能量光團，剎那間迸發出萬道彩光，循著六種不同的顏色，射入六個「空極能量團」內。

六個「空極能量團」被帶有巨大「意識能量」的彩色光芒射中，並被彈出了宇宙中心零空間，飛到了宇宙的第一個時空層。

這是一個充滿亮紫色的時空層。

由於「智靈總庫」能量團迸發出來的能量太大了，六個「空極能量團」都被轟擊出一個彩色斑斕的「智靈子」（陽極能量團）光粒子。

只有第六號空極能量團不同，被轟擊出兩個「智靈子」光粒子：一為金色，一為紫色。

一號空極能量團，被轟出一顆靛藍色光粒子。

二號空極能量團，被轟出的是一顆碧綠如水的光粒子。

三號空極能量團，被轟出一顆赤如烈火的紅色光粒子。

四號空極能量團，被轟出的是炫人眼目的銀白色光粒子。

五號空極能量團，卻被轟出了一顆神秘幽亮的玄色光粒子。

六個「空極能量團」，看著飛迸出去的彩色「智靈子」光粒子，異常惋惜，它們迅速地沿著逆時針的方向旋轉起來，施展出自己強大的吸力，想把那些被轟擊出來的彩色「超物質智靈子」（陽極能量團）光粒子，再吸入能量團內。

但是，卻無論如何也辦不到。

這些彩色「陽極能量團」，由於受到能量轟擊時的慣性所致，拖著長長的彩色光尾，從紫色的第一時空層，被彈射到了宇宙的第二個時空層。

這第二個時空層是一個亦紫亦藍的時空層，非常漂亮，非常神秘。

宇宙「智靈總庫」能量團的能量，是無窮大的。

從六個「空極能量團」的中心，分射出來的七個彩色「陽極能量團」，受到能量慣性的推力，也分別被震射出七個彩色光粒子球（陰極能量團），其中有一顆是「陽核能量團」，最大、最亮。

它們徑直朝宇宙的第三時空層飛去。

這七個「陰極能量團」，將分別是各角宇區第三時空層的「智靈中心」，稱之為一到六號的「陰極智靈中心」。

老師為了讓我對自己所生活著的宇宙結構有一個感性的認識，今天又帶著我來到了宇宙的第三時空層，這是一個湛藍色的時空層，格外光亮、清澈。

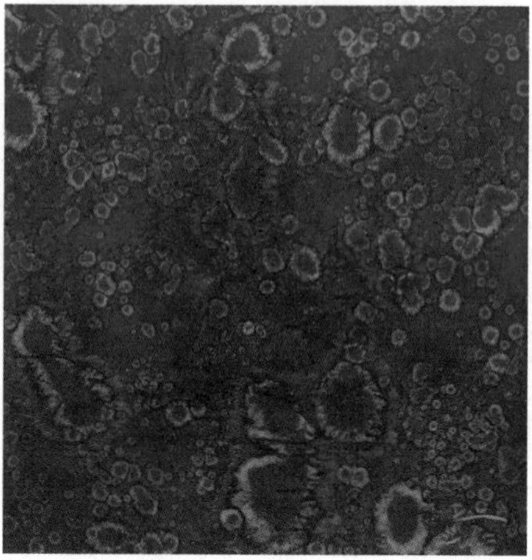

這一次見到的是七個高能量的「陰極能量團」，其中有一個格外地與眾不同，是一個具有「陽核」的能量團。只見那七個「陰極能量團」聚集在一起，互相之間產生了摩擦與碰撞，發生一幕讓我難以忘記的景象。

那六個「陰極能量團」，將它們之中唯一的一個「陽核能量團」團團圍住，劃出了道道彩光，在宇宙第三時空層盡情地「玩耍」，絢麗無比。

「智靈總庫」在宇宙間，通過暗天網，可以隨心所欲地派遣眾多「智靈子」去開發這個龐大的宇宙時空。他不斷地思考著，在三大時空層之間，打開一條白色時空隧道（白洞），徑直貫通那三個時空層，以便高維空間的「智靈子」們，可以自由地出入各個時空層。

此時，便有了光彩照人的十四個「智靈子能量團」，在宇宙間閃耀，整個宇宙，都呈現出一片歡欣之景。「智靈總庫」又在宇宙的外太空，設置了兩道「生命天河」的屏障，將所有的智靈粒子團與下邊的時空層隔離開來，尤其是宇宙的第八、第九時空層，根本就沒有智靈生命的存在。一旦有生命「智靈子」飄落到那裡去，智靈體將會受到痛苦煎熬，更是一去難返。

這個時空層，即宇宙的第八時空層，是一個負極能量場的空間，那個充滿了濕漉漉、黴變氣味的時空層，天是灰濛濛的一片，只能借助內宇鏡反射出來的微弱的光亮，才能夠看到一些不斷飄動著的影子。

至於宇宙的第九時空層，則是一個更大的負極能量場空間，這裡已經是宇宙的邊緣了，屬於曠野之處、內宇鏡層，人們常常將這一空間層，誤認為是無極宇海。

在這裡，是一片死寂的世界，無聲無息，天空漆黑如墨。無論是誰，到了這裡，都將會被無邊的黑暗負能量所吞沒。即使是超「物質形態靈體」，也難以逃脫被負能量所吸融的下場。

宇宙間所有的「智靈子」，一旦墜落到這裡，也就很難有「回歸」的希望了。

這篇主要記錄了各個角宇區的三個時空層中，分別存在著不同宇宙能量級別的高能量智靈團，它們都是從高十二個維度能量場的智靈團中裂變而產生的。

達蒙．卡萊爾一邊盯著螢幕上的文字，一邊迅速打開自己充滿智慧的思維空間，展開了豐富的想像，腦海中漸漸凸顯出宇宙中多彩絢麗而又激烈的核裂變圖像，就像開頭那幅震撼人心的畫面！

接著觀看下一篇日記。

二〇〇七年三月十五日　晚上十一點五十分

我以為老師今天不來了，迷迷糊糊地快睡著了，老師的信息又從遙遠的天際傳了過來。老師到來的時間越來越不確定了。

今天老師為我介紹宇宙如何分成內、外以及「生命天河屏障」的一些有關內容。

下面就是今天記錄的內容：

當時，「宇宙智靈總庫」開始用其強大的真空「虛態暗能量」使宇宙旋轉起來。他以宇宙中心的「零空間」為中心軸，接著是第一時空層，後來便是第二空間層、第三空間層，都一起隨著他朝逆時針的方向，旋轉了一百八十度，第四空間層以外的各層空間都沒有隨著中心轉動。

後來，當「智靈總庫」發現前輩「智靈子」突破兩道生命屏障時，就又將這兩道天網，暗暗地隱藏在了每一個智靈生命的物質載體裡面，目的就是訓練你們的智靈粒子體將來回歸之用。

老師告訴我：在人類生物體內正中筆直的資訊能量通道裡面（我們通常叫做「炁脈」），也有兩道很難突破的屏障。下邊一處叫「幻海」，位於「心窩」和「肚臍」之間；上邊一處叫「慧屏」，位於「眉心內」和「百會下」的交匯處。「海底」（會陰處）有一個「智靈密度膠子」（蓄能因數），會不斷地聚集、儲藏資訊能量，就像鐳射發射器一般，將能量送至頭頂，能量不斷上升運行的過程，就是打通智靈子回歸宇宙的體內通道的過程，最後還要打通兩眉之間的狹窄通道（就像宇宙間的第二道生命屏障），最後才能夠達到頂穴，破頂而出躍入宇宙空間。這個鍛煉過程很長，有的也許要用一生的時間來打通這個通道。一旦海底的「蓄能因數」接到回歸指令，會馬上點火「發射」，直奔頂穴躍出。

我問：「如果還沒打通就接到回歸指令怎麼辦？」

老師答：「那可就麻煩了！蓄能因數會被擠碎，哪裡有縫隙，就從哪裡溢出去了，能量被分散了！」

我問：「老師，我的通道打通了沒有？」

老師答：「你必須好好訓練自己才有可能打通。」

「那就請您幫我打通不就行了嗎？」我說，又轉念一想：「不對！我已經打通了，不然我怎麼會跟您跑出來呢？」

老師說：「我帶你出去的是『丸態思維因數』，如果將你儲有密碼的『蓄能因數』帶出來，你的生命載體的運行軌跡也就到達終點了。」

我說：「如果我們人類都這樣回歸宇宙的家園，倒也沒有什麼痛苦！我們怎樣才能……」

「行了，快記錄吧！」老師馬上就感知我要問的問題，毫不客氣地打斷我的問話，沒辦法，只好乖乖地記錄。

老師告訴我，在那兩道屏障之間，形成了宇宙第四、五、六時空層——「無形生命智靈體」的活動空間層。凡是在這一空間層中生存的「智靈子」，將來回歸還是比較容易的。因為，它們不需要經過有生物載體的「物質載體」和無形的「智靈子」的分離過程，因而，生物載體內的神經系統就不會感知到它們的抽離，也就沒有那麼多的痛苦（見《前沿科學》雜誌「生命容介態再識」一文）。

這樣一來，自第三空間層以內，便被劃分為「內宇宙」，又叫「內宇區」。

「內宇宙」是一個極為穩定的時空，因為，宇宙中心零空間「智靈中心」本身是一個正負能量共同體，他時而選派出一個高能量智靈子作為「正極能量團」，統治著陰宇宙；時而又選派出一個高能量智靈子成為「負極能量團」，去平衡著另一半陽宇宙，他還根據需要，隨時將六個「空極能量團」吸卷到宇宙中心——「零空間」，平衡著宇宙的中心區。

另外，第二時空層和第三時空層，這兩層天也由「陽極能量團」和「陰極能量團」組成了兩個穩定的陰、陽時空層。

所以，「內宇宙」是一個極為穩定的時空層，它就是一個「廣義的宇宙中心」，「零空間」就是名副其實的宇宙的「核心」，「智靈總庫」則是宇宙核心之「眼」。

宇宙「智靈總庫」在第三時空層和第四時空層之間，設下了第一道「生命天河屏障」——光離子玄波網。

「智靈總庫」同時又將「光離子玄波網」以外的第四空間層、第五空間層和第六空間層這三大空間層，稱為「智靈子活動空間層」，限定為外飄的「智靈子」們活動的最遠的空間層，因為這裡的生命能量場，不適合智靈生命的物質載體生存。

在第六和第七空間層之間，又設置了更為堅固的第二道「生命天河屏障」——「磁粒子玄波網」，為的就是將所有外飄的「智靈子」，都阻擋在這道生命天河之內。

「智靈總庫」將第四空間到第九空間，全部稱之為「外宇宙」，在「外宇宙」裏，又將第七、

八、九空間層，稱之為「宇邊空間層」（宇宙邊沿空間層），將不會有「智靈子」飄落至此。

宇宙「智靈總庫」很清楚：在外宇宙的第七時空層裡的三度空間，是一個「物維空間」層，也只有在這個空間裏，才有唯一適合生命物質載體生存的生命能量場，同時它又是一個極為危險的生命能量場。

在「外宇宙」中，又有陰極能量、陽極能量兩大宇區：「陰極宇區」主要指的是第四、五、六和八、九時空層。在陰極宇區裡又分「正能量場」與「負能量場」的宇區，第四、五、六度數空間層屬於「正能量場」陰極宇區；而第八、九度數空間層，則屬於「負能量場」陰極宇區。

在外宇宙中，最為特殊的，當屬地宇第七時空層——也就是你們的地球所在地——第七度數空間層了。因為，在這一層天中，又分為了上、中、下三層空間能量場和「四度空間」，既有半陰區，也有半陽區：在上邊靠近第六時空層的地方和下臨第八時空層之處，為半陰極區，以「隱形生命靈體」生命場為主；而在兩個半陰極區中間夾著的有你們地球人類生存著的那一層，則為半陽極能量場區，只有這一區域，才是一個以「物質生命靈體」生命場為主的地方，這裡才是物質靈體與超物質靈體共存的一個生命能量區域。

內、外宇宙，從此永相隔。

老師講的我也分不清到底是科幻故事，還是真正的大宇宙的結構。看起來，我們生活的空間，與那些「智靈子」們比起來還是太小了！這麼小的活動空間，人類之間就應該和平相處，共同守護好這個小小的家園！如果真的失去了這個家園，我們還能到哪裡去尋找立足之地呢？是不是不用戰爭來毀滅人類，自己也就只能坐等死亡的來臨呢？

「那位宇宙特使講的內容好深奧啊！超出了我們目前科技發展的認知範圍！難怪有人說，我們是踩著前人的肩膀開闊自己的視野的。一點兒沒錯！」

達蒙教授又忍不住發表自己的見解。

接下來繼續……

第七章

黑洞之旅

二〇〇七年四月三日　晚上十一點十分

老師到來之後，我問他：「為什麼智靈總庫那麼緊張我們來到這個空間？」

老師：「那我們今天就不講其他內容了，專門給你講講你們的生物載體的最簡單的知識。」

因為「智靈總庫」很清楚：你們這些小「智靈子」們一旦墮入這一空間（第七度數空間層），尤其是到了中間這一時空層，這裡的生命能量場就會迫使你們到處尋找生物載體寄存。那時，你們高能量的「智靈子」便會蛻變為較低能量的「天粒資訊膠子」，並且繼續裂變，一分為三，分為「光粒資訊膠子」、「音粒資訊膠子」和「色粒資訊膠子」（現代科學將有物質載體的「智靈子」叫做「巨密度蓄能因數」或「色粒資訊膠子」），將會寄居在有生物載體的物質載體內，給這個物質載體以各種先天意識與潛意識，使這個「物質載體」顯現出各種物化生命跡象，從此就要受到生活環境的種種限制。

老師再一次強調：如果天體運行軌跡真的到了那個特殊的時空點，就必須給你們創造出一個相應的內外環境。在這個外部自然環境中，無論是「生命靈體」還是「非生命靈體」，都將要需求物質能量的生物載體；在內部環境中，他們要有一個能夠思維的因數，懂得用各種自然物質能量來補充自己的生命載體生存時所需的各種內部能量，而且，這種內部環境，還必須由宇宙中的特殊物質粒子集聚而成。只有如此的內外環境，才能使未來的那些跌落到第七度數空間層的「智靈子」們，在那裡繼續生存下去。

我問道：「我們將來還能回到原來的地方去嗎？」

老師回答：將來，你們回歸時，也會像三宙歲時的「智靈子」們一樣，受到層層阻力。因為，那時的回歸是無法帶著你們的物質載體的。無形的「智靈子」與有生物載體的「物質載體」的分離，將會使有著思維功能的「丸態因數」痛苦萬分。他們不但要通過物質體內的「慧屏」屏障，還要通過物質體外宇宙間那兩道堅實的「生命天河屏障」。

「宇宙智靈總庫」決策人想到此，決定將你們以後在七時空層的行蹤秘密封鎖。為了你們將來的生存與安全，將銀河系封閉起來，又將太陽系封閉起來，最後將地球也封閉起來。（難怪總也找不到銀河系外的智靈生命呢，也不見他們來地球訪問我們！）

「那我們豈不是生活在監獄裡了？沒有了人身自由？」我小聲嘟囔著。

沒想到老師接收到了我的腦資訊波，說：「如果不將你們封閉起來，你們生活著的這個空間層裏處處是危險！單憑你們自己的能力，根本無法生存下去！」

老師有些激動了，提高了資訊頻率，我有些受不了。

我強忍著頭痛（根本找不到頭在哪裡，但就是感覺出頭痛），說：「您能來去自由，我們如何也能來去自由？」

老師發現我的思維波好像「抱著腦袋」，意識到自己的頻率有些高了，馬上重新調整了資訊傳達的頻率，發射出一種藍藍的光罩在了我的「思維因數」上面，腦袋馬上感覺不痛了。

老師聲音柔柔地對我說：「無知，你們是一群生物生命體，在宇宙間諸多的生命能量場中，唯獨這個維度空間才適合你們生存。要想離開這個生存能量場，就必須有一個堅固的容器來保護你們，否則，你們根本無法適應宇宙間其他生命能量場的高密度能量，也就更談不上在那裡生存了！不信你們首先可以試試在太空船外邊脫去防護衣？」

我想，人類別說離開地球了，就是想離開地面距離高一些，也得求助於飛機呀！還不敢將窗戶打開！

我想了想，滿懷希望地問道：「老師，您可以帶著我離開地球，那將來回歸時，您還來到這裡，把我們所有的地球人類也包在『能量光團』裡面，一起帶走豈不更省事？免得大家找不到智靈中心的家。」

老師告訴我：「我帶著你，也僅僅是將你的一個『小思維粒子』帶出去，其實他就是一個有著思維功能的『丸態因數』，並沒有將你載體內的『巨密度蓄能因數』也一起帶走啊！將來，你們回歸時，還是要經歷『蓄能因數』與肉體分離時的痛苦！」

我說：「老師怎麼又多了一個新名詞？」

老師回答：「那個『巨密度蓄能因數』，是你們地球人類科學界提出的一個通用名詞啊！也可以叫『智密膠子』或『蓄能因數』。」

「哦！」

老師繼續給我講更多的內容：

在宇宙各層智靈中心的家，都是沒有生物載體的「高能量、高維度、高密度的智靈生命場」，而且，還必須具備適應那裡的高能量場級別的生命能量，才能夠在那裡生存下去。之所以要你們必須經歷靈與生物載體分離的痛苦，就是因為你們自己要飄落到這個「物維空間」，為了適應這裡的生命能量場，不得不進入生命載體中。將來如果不將那個載體丟下，你們是無法回歸的。這個我以前也告訴過你。

我問道：「怎麼分離能夠減少點痛苦呢？」

老師說：「你現在別總是糾纏在這個問題上，有關的內容我以後會告訴你。現在你不想聽聽地球的來歷嗎？」

我說：「我知道，不就是宇宙裡的一塊大石頭嘛！」

老師笑著壓低了資訊頻率告訴我：「那是智靈總庫製造出來的！當時，『宇宙智靈總庫』

那巨大的能量光團，猛烈地震動了一下，發射出一道耀眼的霞光，閃電般射了出去……」

接著老師在我的眼前，展現出一幅壯麗的圖景，我的意識跟隨著閃電，一直追蹤過去……

只見那道霞光，穿過內宇宙的第一度數空間層、第二度數空間層、第三度數空間層三大時空層之後，發出「劈劈啪啪」的光爆聲，穿透了錯位的三、四時空之間的「生命天河屏障」——光離子玄波網，又穿過外宇宙的第四、第五、第六三個時空層，射穿了第二道「生命天河屏障」——磁粒子玄波網，一直到達了第七時空層的「第七度數空間層」。

在那裡，霞光聚了又散，迸裂成無數的繁星。這些繁星的體積大小不一，亮度不等，都在飛快地旋轉著。聚集成的光團，也是有密有疏，顏色絢麗，五彩繽紛，非常好看。

我看到，有七顆閃著藍綠色光芒的星塊，互相碰撞、爆炸了三次之後，融成了一個圓圓的大球（明顯的人工痕跡），圍繞著一顆大紅火球在轉動，成了太陽系裡的一員。

這個藍綠色的大球，還不住地圍繞著自己傾斜的「球心軸」自旋。

我剛要發表自己的見解，就傳來了「智靈總庫」的「同頻意識資訊波」的聲音：

「靈兒，你看到的這個藍綠色的大火球，就是第七度數空間層中的一顆新星球——警戒星，也就是被你們（人類）稱之為『地球』的星球。你們的前輩和子孫後代們，就在這裡世世代代地繁衍生存下去。它有堅固的外殼與豐富的生態環境，滿足你們生物體生存所必需的一切條件。

在我召回你們之前，只要你們敬畏它、愛護它，它就是你們永久的家園。」

我又有問題了，問老師：「老師，『智靈總庫』把宇宙分出內外，我們從『白洞』不就看不到宇宙中心了嗎？將來回歸時不就碰到那個『屏障』了嗎？是不是到時候就把那個『屏障』給我們撤掉啦？」

老師笑而不答，我感覺到他在盯著我看，我可能話太多了，又違反了什麼無形的「宇宙規則」了吧？沒想到老師沒怪我，還說：「你真的還有興趣聽我講？」

我高興地在心裡答應著。於是，老師繼續講：

「宇宙智靈總庫」之所以將宇宙分出內、外，不單單是為了大宇宙的穩定，還有一層更為隱秘的意義：為了避免內宇宙的各個「智靈子」，還會偷偷地私自衝破第一道內宇生命屏障，跑到外宇宙中去，破壞了整個大宇宙的平衡。那樣，不僅將來回歸的「智靈子」們的數量會越來越多，也會麻煩不斷。只有如此，整個宇宙才可以更好地維持穩定的狀態。內宇宙穩定了，整個大宇宙就獲得了平衡。無論外宇宙如何轉動、膨脹、收縮，內宇宙都會在零空間「智靈總庫」的控制之下，一動不動。

再說當時已經落到第四時空層的那些「智靈子」們，突然看不到通往「內宇宙」各層天的「白色時空隧道」時，在潛意識中，突現出了不安的情緒。

但當他們一齊掉轉頭來，再一次仔細分辨時，發現通往外宇宙的各條「黑色時空隧道」依然存在，心緒稍稍穩定下來。

這時，「宇宙智靈總庫」傳來思維意識資訊波：

「為了避免你們外飄，要你們充分利用自己的智慧與能量，學會獨立開發宇宙兩道「生命天河屏障」之間的三大宇空，在那裡建功立業。你們千萬不要越過『生命天河』的那第二道磁粒子玄波網『屏障』！」

但後來，讓「宇宙智靈總庫」感到有些不安的是那些「智靈子」們竟然真的衝破了第二道「生命天河屏障」，克服了重重阻力，降落到了警戒星球上。事態的發展，已非外力所能控制，將來的一切，也都會按照宇宙的固有規律去發展，將永遠隨著時間的腳步向前走去。

看起來，地球原來不是自然形成的，竟然是有意製造成這樣的，人類有個物質載體真可憐！

達蒙．卡萊爾看完這篇日記，伸了個懶腰，捶了捶自己酸痛的肩膀，想道：這下我終於找到理論根據了，原來地球是從遙遠的外太空送過來的！

二〇七年四月十九日　晚上十一點四十分

今天宇宙特使老師來到我面前，與往常不太一樣，是一個籃球般大的藍色能量光團，在我頭頂斜上方不停地閃耀著。

我很喜歡這種清湛的顏色，對他說道：「老師今天的樣子很漂亮！今天我們上什麼課？您有什麼資訊傳達給我呀？」

老師回答我說：「我今天想帶著你穿越白色時空隧道，你怕不怕？」

我說：「老師，我不怕！但是您必須保證把我送回來！」

「那是當然！」

於是我感覺自己變成了一個藍色的小光點，融到老師的大能量光團裡面了。還沒有等我反應過來，就發現自己周圍全是耀眼的白光，一眼望去（其實我根本找不到自己的眼睛在哪兒）能看到遠處有一個越來越大的白光點，耳邊聽到的全是「劈劈啪啪」的光爆聲，我感覺自己在做著逆時針方向的旋轉飛射，但無論怎樣快速飛射，都不能到達那個白色光點之處，反倒覺得光線越來越刺眼，我有些堅持不住了，大喊：「老師！我們離終點太遠了，我有快撐不住了！我們趕快回去吧！」

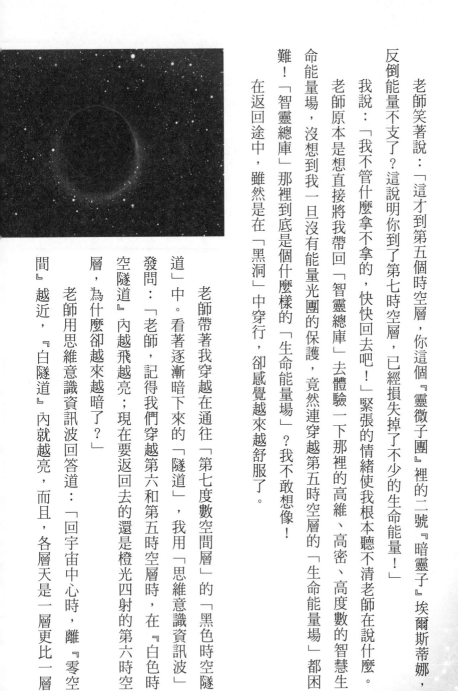

老師笑著說：「這才到第五個時空層，你這個『靈微子團』裡的二號『暗靈子』埃爾斯蒂娜，反倒能量不支了？這說明你到了第七時空層，已經損失掉了不少的生命能量！」

我說：「我不管什麼拿不拿的，快快回去吧！」緊張的情緒使我根本聽不清老師在說什麼。

老師原本是想直接將我帶回「智靈總庫」去體驗一下那裡的高維、高密、高度數的智慧生命能量場，沒想到我一旦沒有能量光團的保護，竟然連穿越第五時空層的「生命能量場」都困難！「智靈總庫」那裡到底是個什麼樣的「生命能量場」？我不敢想像！

在返回途中，雖然是在「黑洞」中穿行，卻感覺越來越舒服了。

老師帶著我穿越在通往「第七度數空間層」的「黑色時空隧道」中。看著逐漸暗下來的「隧道」，我用「思維意識資訊波」發問：「老師，記得我們穿越第六和第五時空層時，在『白色時空隧道』內越飛越亮；現在要返回去的還是橙光四射的第六時空層，為什麼卻越來越暗了？」

老師用思維意識資訊波回答道：「回宇宙中心時，離『零空間』越近，『白隧道』內就越亮，而且，各層天是一層更比一層亮；反之，向外飛時，離『零空間』越遠，無論是什麼顏色的空間，在『隧道』內各層天的亮度，都會一層更比一層黯淡。」

我又問：「老師，我們人類的宇宙天文學家都說任何物質，包括光在內，都逃脫不了『黑洞』的吸力。而我們就在『黑洞』裏穿越，怎麼沒有感覺到撕扯的吸力呢？」

老師說：「地球人類所觀測到並命名的那些『黑洞』，也就是『黑色時空隧道』，並不能稱之為『宇宙黑洞』或『宇宙白洞』，只能將其叫做極小空間層面上的『漏斗質點』，因為他們不是『洞』，才會有撕扯與擠壓的感覺！真正的『黑洞』是我們所穿行著的這個封閉空間，它是從內宇宙向外宇宙穿行的『隧道』。在這個『隧道』的兩端，就是它所連接的兩個時空層，洞裏幾乎是一個靜止的場，我們這些具有『高智靈能量』的『智靈子』可以在此任意穿行。

我的意念思維望著洞外旋轉的能量場和很多亮光子，老師與我的思維頻率相同，所以明白我的疑問與迷惑，對我說：「『漏斗質點』其實可以分為兩種：一種是巨大星體急速塌縮到質點而成的『漏斗質點』；另一種則是星體劇烈旋轉而形成的『漏斗質點』。無一例外，它們幾乎都不可能形成真正的『宇宙黑洞』！除非其中有一個『漏斗質點』旋轉拉長到接通了兩個『度數空間層』，但這種由『漏斗質點』形成『宇宙黑洞』的概率幾乎為零！」

物維空間的能量場是旋轉著的，因為在這個空間之外，物維空間被一個「暗物質空間」所包圍，而且這些暗物質又無孔不入地深入到物維空間的整個生命能量場當中。暗物質空間又可以稱為「溢散態空間」，它是一種高於真空的「虛空能量」，你們有時將此稱為『真空能』，它具有一種不定態的「引力」作用於「物維空間」而產生「負壓旋轉」的特性。你看到的「洞」外景色，即是一種「負壓旋轉」的體現。你不用擔心這種旋轉力會將我們擠壓成一個點，也不必害怕它們會將我們拉抻成一條線。因為在這個「宇宙黑洞」內，有一種強大的外斥「虛空能量」，「洞」的外邊沿有一個雙彈力作用的「暗智靈膜」，是目前你們還無法知道的最為強韌的「智靈膜」，一種無法突越的「高密度虛空能量膜」。同樣，在太陽系和銀河系的外邊緣，也有一個同樣的「智靈膜」，以你們現有的知識和能力，根本無法以物態形式突破它！

我說：「老師，我可以去尋找您嗎？能衝破這個智靈膜嗎？」

老師告訴我不可以！因為我會在這個物維空間裡迷路，就像我在地球上永遠沒有清晰的方向感一樣。

跟著老師在「宇宙黑洞」裡飛射，老師講的內容我聽不進去，只是貪婪地觀看外面的景致，我發現：越靠近我們的物維空間，外面的光亮子就越稠密，它們已經不再是點點星光，而是快速劃過的片片流星、朵朵流星雲、洶湧澎湃的大面積流星河……

反觀自己，雖然沒有軀體，但不知為什麼？「洞」外景色卻曆曆在目。就好像乘坐在「時光列車」裏，透過車窗向外觀看那般清晰。

回到家中，看到自己正端坐在床上。我打開燈，將今天的「黑洞之旅」記錄下來。時鐘指針指著第二天的清晨——早上七點十五分。

老師今天講的內容我一點兒也聽不懂，只知道在「宇宙黑洞」裡面很安全。人類所發現的黑洞叫做「漏斗質點」。

達蒙教授看到這裡，迅速從資料庫中調出了一段文字，這段文字出自《霍金的宇宙》一書。他對黑洞是這樣描寫的：「黑洞是這樣一種物體，它有著極其巨大的能量肆無忌憚地吞噬著周圍的一切。它深藏不見，卻能毀滅恆星甚至整個星系。」

達蒙教授不禁對日記中的黑洞體驗，產生了深深的敬畏！這是地球人類多少代人都無法企及的珍貴的科學資料！同時也會給每一個專家、學者的各類研究以有益的啟迪！

二一〇七年四月二十八日　晚上十一點四十五

今天又盼到老師過來傳達宇宙資訊，我不由得又想起那一次的「黑洞之旅」。

我問道：「老師，是不是在黑洞內向內飛時，因為越來越亮，就稱這個『洞』為『白洞』；而向外飛時，因為越飛越暗，就稱為『黑洞』？」

老師用思維資訊波答道：「實際上，走的都是同一個『隧道』，只不過，有時是向內，有時是向外，方向不同罷了。我們不稱之為『黑洞』或者『白洞』，而管它們叫『黑色時空隧道』或者是『白色時空隧道』。因為這個『通道』就是我們『智靈子』們來往於各個『度數空間』的捷徑。」

我又發問了：「老師，我們如果不在『隧道』中飛馳，而是在它的外面，看到的『隧道』會是什麼樣子呢？」

老師回答說：「那我們所看到的，只能是一個旋轉能量場了！如果你不是在它的『隧道』口，你是不會發現這個『隧道』的！」

話音剛落，他又急忙補充道：「不過，當你沒有足夠的『智靈能量』穿越各個『度數空間』時，千萬別靠近洞口！因為在每個『隧道』內（在智靈膜的外邊），都有一股強大的無形的吸卷力，將你吸卷到另一個時空層去；或者將你吸融。只有當你的能量足夠高時，才可以進入膜內與之平衡而成為一個靜止的場。在每條『隧道』裡面，都充滿了巨大的『虛空能量』，如果你們的『智靈』能量不足以對抗這種『虛空能量』時，就會被它『吸融』而再也無法分離出來！

所以，智靈總庫是不允許智靈子擅闖『時空隧道』的！」

今天老師說要帶我到宇宙的第六角宇區的第四和第五「度數空間層」去旅行。

我說：「為什麼總是去『第六角宇區』的『度數空間層』呢？」

老師說：「宇宙『智靈中心』僅僅給你們開闢出這一個角宇區，供你們這些『智靈子』們體驗宇宙各『度數空間層』的生命能量場。其他的『角宇區』不對你們開放，是禁區！僅僅是在這一個角宇區內，就已經很難迅速地將你們集中找回了，更何況將整個宇宙區域向你們全部開放呢！」

我說：「我不去第四『度數空間層』，我承受不了那裡的能量場。除非——您還將我放在有密碼的大『能量光團』內。」

老師答應了我的要求，帶著我來到第四「度數空間層」。

在這個碧光閃閃的「度數空間層」裡，舉目望去，到處都是碧綠清澈的顏色，很舒服！

老師告訴我，這裡的生命能量場是一種「雙核能量團」，場中充滿了「靈膠子團」和「靈明子團」，他們是以一種「暗粒子」和「隱粒子」的形式存在。這裡的「智靈中心」就是「D級雙核能量團」。

在這個綠光閃爍的度數空間層裏，我沒有看到什麼新奇的東西，想讓老師帶我去下一個「度數空間層」。

哎呀！這個空間層又變了顏色，成了金光閃閃的空間！亮度卻沒有上個空間層亮。但是空間好像比上一個空間還要大！我發現這些「度數空間層」的空間場域，一個比一個大！

老師告訴我，這裡的能量場是個「正負核靈互轉能量場」，在這個能量場中，充滿了「雙核能量態」生命能量，他們同樣也是以一種「暗粒子」和「隱粒子」的形式存在。這裡的「智靈中心」是「E級雙核能量團」。

我渴望著老師帶我去下一個度數空間層，因為它離我們最近。

終於來到了第六度數空間層，我躍出了「密碼能量團」，在這裡，我感覺很舒服。老師告訴我，這裡的能量場是個「正負核靈共存能量場」，在這個生命能量場中，充滿了「雙性靈暗物質能量態」能量，他們是以一種「靈能子團」和「靈介子團」的形式存在。這裡的「智靈中心」是「F級雙核暗能量團」。

今天老師帶我到第四、五、六度數空間層，我感覺就是讓我體驗這三大度數空間層裏的生命能量場，離開了記錄文字，我卻什麼也沒記住。

看到這裡，達蒙教授對日記的內容更加驚歎不已！他知道，記錄員是一位學新聞的記者，如果不是真有宇宙智靈總庫特使向她傳達宇宙資訊，以她所掌握的知識容量，無論如何也達不到這種超級水準！真奇怪！這種資訊的多樣性，為什麼我們所掌握的搜尋、記錄的科技水準，竟然還不如人的大腦？

二〇〇七年四月二十九日　晚上十一點

今天老師又來了，也不讓人休息一下！昨天的內容我感覺很枯燥，沒了記錄的興趣。

老師告訴我，今天來這裡，是要教我一些各時空的文字，讓我學會辨認。

我自己並不喜愛外國文字，尤其是日文，裡邊大多數明明用的是中文，卻還加了不少類似中文拼音的字母。既然想用中國文字，就大大方方地用，何必加上一些自造的拼音冒充呢？上大學的時候，我就不想學習這種文字，無奈還得要學分，畢業後恨不得把它忘得乾乾淨淨！這次又讓我學外文，我滿腦子都是無法發洩的怨言。

我告訴老師，我早就會這種文字，不用他再教我了。

老師不相信！

後來我才知道老師其實是激將法！這幾次都是用的資訊文字記錄的。附上跟老師交談時寫的一些宇宙資訊文字，請大家仔細觀看，是否有人可以將其翻譯過來？

下面是一些初學的各個「度數空間層」的文字照片……

現在，我基本上用「宇宙智靈總庫」和第六「度數空間層」的資訊文字來記錄一些宇宙資訊內容。自己也感覺很奇妙！讓我感到遺憾的是我自己不能將其翻譯出來，還要等待另外的老師來給我傳達所記錄的宇宙資訊文字的譯文。

達蒙看到這裡，不僅感慨，地球上有上千種文字，宇宙如此浩淼，有數不清的星球，就有數不清的星球文字。

第八章

生命能量場

二一〇七年五月八日　晚上十一點二十

今天老師過來給我傳達宇宙各個「度數空間層」的「智靈生命能量場」的級別、所控「維數空間」的維數與密度，這些都是很複雜的一些數字。

還告訴我，這是從來也沒有向外宇宙洩露過的內容，非常重要！讓我好好記錄，不要自創辭彙！一個字都不許記錯！（他們知道我的數學不好，連錢數都數不清楚，最怕買東西，更怕讓我現款結賬找零錢。）

老師告訴我以下重要內容：

宇宙間的「生存法則」，是以「智靈子的生命能量場」級別的高低為標準的，無論哪一個度數空間層的「智靈子」，只有他的生命能量場的級別達到或者高於那個度數空間的「能量場級」，他才可以在那裡生存；否則，就會被那裡的高能量高密度生命能量場所傷害。如果他的生命能量能夠逐漸升高，達到上一個維度或者上一個場級，那麼，他就會躍升到相應級別的生命能量場中去生存。

每一級的生命能量場中，都含有四個維數密度的空間能量場，這是大宇宙的平衡規律所決定的。

由此可見，我們所生活著的這個大宇宙，且不說那些看不見的暗宇宙層，就是我們這個「物維空間層」生命能量場的級別，就很難讓我們弄明白了，更何況再加上那些看不見的維數空間的密度能量場呢？信息量太大了，我真得好好想想！

達蒙．卡萊爾看得正起勁，內容卻突然沒有了！卻以無數的省略號代替了！他感到這一篇日記內容有些奇怪，明明說會記錄數字，卻沒有看到任何數字。另外，度數空間層、能量級別、物維空間層、暗宇宙層……都沒有說明白。還有字裏行間都是欲言又止，這是為什麼？

正思量著，書面卻漸漸地浮出一段文字：

「這段內容屬於宇宙核心機密，特使老師感覺不適合普通地球人類閱讀，所以，在記錄之後又被日記作者刪除。」

達蒙博士驚異地盯著書頁上面一個接一個浮現的文字，愣愣地想：「唉？這些字，怎麼就像有人坐在這裡，拿著筆，一個一個慢慢地寫出來的一樣？難道有個我看不見的智靈人在這裡？」

還沒等達蒙教授想清楚這個問題，就感覺突然有一種聽覺系統可以接收到的思維資訊波，在空曠的天穹中不斷地震動著。

「我，就在你們身邊！你們人類的所有震動頻率的資訊波，我都可以捕捉得到！我，無處不在！」

「太不可思議了！難道這就是那個無處不在的二十一世紀人類的『思維因數』？」

達蒙瞪大了驚異的眼睛，四處搜尋著。

聲音漸漸遠去……

達蒙．卡萊爾激動的心情卻難以抑制：「難怪宇宙特使不讓記錄員自己創造辭彙，這篇記錄裡面的專用名詞太繁雜了！真的難為那位不懂科學專業的記錄員了！」

他不禁對那位辛勤的記錄員，產生深深的敬意！這些天與日記相伴的景象，在他的腦海中留下了深深的烙印。

一顆藍色的星球，在宇宙的一隅，靜靜旋轉。

此時此刻，地球「宇宙職能中心」的頂尖宇宙資訊破譯專家達蒙．卡萊爾，正在興奮地讀著《天幕》。飛碟特使在瞬間為他轉化的母語文字，讓他讀起來更加流暢！這本日記帶給他無盡的驚喜，因為它揭示出諸多的宇宙秘密。他感覺那一行行流動的文字，不時地與自己的思維波共振著。

二〇〇七年六月十五日

今天我很希望老師給我講一些「智靈子」繁衍的內容，我不知道他們是否也有後代？他們的後代難道都像「智靈總庫」那樣，自己從高能量團中分離出小「智靈子」來嗎？

特使老師到來之後，聽到我的意願有些猶豫，說：「本來，我每次到這裡給你傳達宇宙資訊，是總庫的決定，這次由你來決定我給你講什麼內容，那我……」

我說：「您請示請示吧！」

也就僅僅過了一兩分鐘的時間，老師就回答我說：「開始吧！」

我奇怪，這麼快？

老師告訴我說：「我們和智靈中心的聯繫，是以一種暗資訊能量高頻波的形式來溝通的。」

「比光速快多了？」

「當然！」

下面就是老師給我講的內容：

在遙遠的第五度數空間層裡，有兩個最大的智靈能量團：「靈微子團」和「靈智子團」，無意當中產生了碰撞。剎那間，雷霆電閃之中，迸發出一對耀眼的火球！一對一模一樣的「智靈粒子」誕生了！他們分別是「暗粒子」三號和「暗粒子」四號。可以算作是智靈能量團中的一對雙胞胎「智靈粒子」了。

從第五度數空間層開始，所有上層空間降落的「智靈子」為了適應這個空間的生命能量場，都開始裂變成一種「智靈粒子」，散布在這個新生命能量場的虛空當中。

就這樣，在第五度數空間層以後的各個度數空間裡，都會有很多來自上一層空間中的「智靈子」因為相互間的碰撞，而產生出下一維度空間的「智靈粒子」，同時，他們的「生命能量場」級別也在不斷地遞減著。

這是不是有點兒像我們現在的什麼大型量子對撞機的對撞啊？撞出的粒子怎麼有點兒越撞越小了呢？

我看著那麼多的新生代「智靈粒子」，將來該如何區分呢？

老師說：「在每個生命能量場中，大家都不會混淆各自裂爆出的『智靈粒子』的，因為每一個『智靈粒子』都有各自的誕生密碼和『生命能量場』的顏色與級別。」

在外宇宙中的各種生命能量場中，就是因為那個四號「智靈粒子」的參與，演繹出不少驚心動魄的故事來。使得以後的內容，也就更加豐富多彩了。

下邊將是第五度數空間層「智靈中心」裡所發生的故事。

「智靈中心」的決策者們，決定要帶著新生的「智靈粒子」去第六度數空間層生存、發展、創業。但是讓誰去呢？大家感覺「智靈粒子」的數目太少，決定再撞擊一些新的「智靈粒子」出來。他們發現本體攜帶有宇宙陰性「暗物質」能量的較多；而本體攜帶有宇宙陽性「暗物質」能量的較少。他們不知道該如何幫助即將落到第六度數空間層的生命「智靈粒子」。

老師告訴我說：

每一個時空層的生命「智靈子」，都可以飛越到下一個時空層中去，但下一個時空層裏的生命「智靈子」，是不能飛升到上一個時空層中去的，因為一部分生命能量在撞擊裂爆時損失掉了，上層空間的生命能量場他們已經不能適應了。尤其是那些已經裂變成為新的「粒子」形態的「智靈粒子」和「智慧粒子」之後，就更沒有足夠的生命能量，去適應那裡的能量場了。

當時他們是怎樣製造新「智靈粒子」的呢？

智靈中心決策者們將本空間層的陰、陽能量團相撞擊，一些能量屬性不同的暗物質相撞，所撞擊出來的『超物質資訊智靈體』光粒子，有的帶有陰性宇宙能量，有的則帶有陽性宇宙能量。（這些光粒子新「智靈粒子」，就是我們所說的『超物質資訊智靈子』的後代），他們將飛落到適應自己「智靈粒子體」生存的第六度數空間層去生存、發展、創業。

但是，創造「新智靈粒子」後代是要消耗自己生命能量的，而且，每一個「智靈子」的兩端，所具有的宇宙能量，是不同的。上端，具有陰性宇宙能量；下端，則具有陽性宇宙能量。兩個上端相擊，產生的是「陰性超物質資訊智靈體」光粒子能量後代；兩個下端相擊，產生的是「陽性超物質資訊智靈體」光粒子能量後代；而上下端相擊，則產生的是中性『超物質資訊智靈體』光粒子能量後代。當時曾有一個「智靈子」警告大家，千萬不要用自己的上端，去撞擊對方的下端；或者用自己的下端，去擊對方的上端。為的就是避免產生「中性光粒子能量智靈體」，這樣將來他們尋找的生命載體也必須是中性的，會給他們造成無法挽回的終生痛苦。

製造下一代「智靈粒子」開始了。

剎那間，只見火光四射，一個又一個橙色的火球，噴著黑色的雲霧，展現在我的眼前。

這一批橙色的新生「智靈粒子」將飄降到下一個度數空間層，其核母決策人是名為「埃爾紫麗娃」的一個智靈子體，她建立了一個新的「智靈中心」，並各司其職地進行了分工：有負責能量管理的，有負責能量區域分配的，有負責測試「智靈粒子」能量級別的，有負責尋找生物載體的，有負責平衡環境能量場的，也有負責安排「智靈粒子」各世載體的，還有負責科學技術資訊傳達的……

這是一個分工合作很細緻的高智慧能量團。

沒想到高能「智靈子」們的繁衍過程如此簡單！只是沒有具體形象，不好分辨誰是誰。

看完這篇日記，達蒙．卡萊爾想：「在我們地球人類中，好像也有隱性人存在，他們會不會就是那些因為沒分清上下兩端相撞擊而產生的「智靈粒子」們的生物載體呢？」

他又翻開了下一篇日記。

二〇〇七年六月二十五日

今天我要求老師帶著我到第五度數空間層，去親自觀看「智靈中心」的「智靈子」們是如何降落到第六度數空間層的。那些地球人類的智靈先祖們，正在準備著飛降下一個度數空間層去生存、創業。

我看到下面的情景：

智靈中心的「核母決策人」——埃爾紫麗娃，因為要帶領著新創造出來的眾「智靈粒子」一起穿越「黑色時空隧道」，還需要蓄積大量的高宇宙能量，所以，她緩緩地飄到了正對著第四度數空間「智靈中心」的位置，仰面朝上，將自己置於翠綠色的中心點的光輝之下。

其他新生的「智靈粒子」們觀察著埃爾紫麗娃，知道她是在汲取來自上一個度數空間層的宇宙生命能量，靜靜地，沒有一點兒思維波的震動干擾。

突然，一道碧綠色的閃電，像利箭一般，直射入埃爾紫麗娃能量團的中心。霎時間，綠色的光芒，便傳遍了她的整個智靈子能量光團。

埃爾紫麗娃將汲入體內的綠色的宇宙能量，迅速地聚集起來，轉瞬間，又將它們從內部噴射出來。那場景簡直就是星球大爆炸！

只見一團亦綠、亦藍、亦靛、亦紫的光球，帶著五色光，向著翠綠色的中心點飛去。

就在五彩光球就要碰著綠光點的刹那間，「啪」的一聲炸響，兩個美麗的紫黑色的「智靈粒子」聚集成彩鳳的光影，破球而出。只見其中一隻轉眼就不見了，另一隻則由五彩氣團簇托著，緩緩地飄落到埃爾紫麗娃的面前。

那道紫黑色的光影「智靈粒子」能量團，飄上前來，用一種高頻資訊波告訴大家道：「我們是五度數空間『智靈中心核母決策人』埃爾紫麗娃的兩個替身後代，謝謝埃爾紫麗娃，給了我們具足的F十二級宇宙生命能量場！」

說完，她的高頻資訊示意另一隻消失的黑紫色的光影「智靈粒子」，對大家說道：「她就是我的同胞妹妹，『宇宙智靈總庫』給她命名的是『邁蒂．雅梅莉安』，給我則命名為『雅梅莉安．邁蒂』，給我們兩個智靈粒子派發了相同的『生命密碼』，只不過我在明、她在暗而已。」

實際上，其中那個叫雅梅莉安．邁蒂的「智靈粒子」，負有特殊的使命：她的第一個「智靈粒子」的生物載體，即是地球人類共同的智靈人祖先。

眾智靈粒子圍上前去，問道：「雅梅莉安．邁蒂，你既然是我們埃爾紫麗娃分身出來的新生命智靈粒子，是否能夠代替她，率領我們下降到第六度數空間去？」

雅梅莉安．邁蒂回答：「當然，我遵照『宇宙智靈總庫』之命，就是要代替此空間層的『總指揮官』埃爾紫麗娃，率領你們到第六度數空間層的。」

第五度數空間「智靈中心」的決策總指揮埃爾紫麗娃端詳著她說：「雅梅莉安．邁蒂的名字真好聽，以後我們就叫你『邁蒂』吧！」

埃爾紫麗娃的話音剛落，大家就感覺到「宇宙智靈總庫」通過「高頻宇宙資訊波」傳來資訊的震動：「孩子們，祝賀你們用自己的智慧，為我們創造出一個高宇宙能量的好後代。我們配給她的代號是『雅梅莉安．邁蒂』，她能夠穿越亦實亦虛兩種生命能量場，並特准她可以隨時飛越九個時空層。她的變化形象，將來便是第七度數空間警戒星球上的智靈生命載體的未來形象，成為警戒星人類的始祖。你們對她各有各的稱謂，而她的同胞智靈粒子——邁蒂．雅梅莉安，就先留在『智靈總庫』聽候派遣吧！其他眾智靈粒子就跟隨雅梅莉安．邁蒂，一起到第六度數空間去尋找適合你們生存的能量場吧！」

眾智靈聽到宇宙「智靈總庫」的「資訊指示」，都禁不住歡呼雀躍。

當時眾「智靈粒子」，聽到「雅梅莉安．邁蒂，便是警戒星球上的智靈生命載體——人類的智靈祖先」時，便紛紛圍上前來，要求她變化成未來人類生物載體的形象，讓大家先睹為快。

雅梅莉安．邁蒂拖著九道紫黑色的光波幻影，泛著一團團的紫色光霧，用一種特殊頻率的思維資訊波傳給大家：

「因為我們第五和第六空間層，都是充滿暗能量的無形的度數空間層，我們雖然能隨心所欲地變化成光波影像，但我們的本質，卻都是高宇宙能量的『超物質資訊智靈』光子團。在這裡我們只能算是一個『智靈人』！只有到了第七度數空間，還必須是那裡的一級生命能量場三、四維空間，才能尋找到生命智靈粒子的生物載體，而且，那時已經不再是智靈粒子，而是一種新的智靈粒子或者是一種『智慧人』的形態了。」

雅梅莉安．邁蒂說完，見大家有些掃興，又於心不忍：「這樣吧，我只能先聚成一個光影，讓你們先看一看，好嗎？」

眾智靈光子團聽到這裡，又興奮起來，靜靜地等待著雅梅莉安．邁蒂的光影變化。

這時，雅梅莉安．邁蒂開始將整個光團聚攏起來，漸漸地聚成一個光亮的人影的形狀。接著，她又將自己的影像，用共用頻率思維資訊波，打入眾智靈粒子的思維資訊波中去。

再說那些觀看雅梅莉安．邁蒂智靈變化的眾智靈粒子，發現他們的思維資訊波緩緩地震動起來，漸漸地凸現出了智靈生命生物載體——「人」的形象。

他們紛紛用同頻思維波「交流」：

「哎呀！原來我們將來的生物載體就是這個樣子呀！」

「快看！雅梅莉安．邁蒂的形態發生變化了！」

「快瞧哇！那個高能量光團在慢慢凝聚！」

高能量光團開始漸化為人的雙臂、雙手、長蛇尾……與此同時還有人的各種服飾在變化。

這時又有一個小智靈粒子叫了起來：「邁蒂姐姐怎麼還有一個長長的尾巴？」

這時，雅梅莉安．邁蒂努力地變化那個長蛇尾，卻發現做不到！她巡視著自己那個時期的時空點，果然有長長的尾巴！是那時的生命能量場所決定的。於是，按照宇宙「智靈總庫」傳遞給她的資訊，耐心地為大家解釋著……

「真沒想到，人類生物載體的形象，竟然如此美麗！而他們的服飾，又是那樣的漂亮！」新生的「智靈粒子」們看得靈心癢癢的，不禁有些躍躍欲試，盼望著自己也能到那個有生命載體的物維世界中去。

我饒有興趣地繼續觀看著眾天靈祖輩們的變化遊戲。

雅梅莉安．邁蒂凝聚為智靈人形後又慢慢變化，逐漸恢復成自己本來的光團影像……

一直在旁邊靜觀雅梅莉安·邁蒂變化的本天「核母總指揮」埃爾紫麗娃，不知碰到了哪個「智靈子團」，突然迸發出一道黑色光芒，繼而變成一個黑亮的大火球，火球崩裂開來，一個玄色的「智靈粒子」呈現出火球的光影，一閃一閃放射出刺目的光芒。伴隨著突然出現的黑色火球，「宇宙智靈總庫」傳來了資訊：「黑色的火球，我們給他的生命代碼為『羅蒂波度』智靈粒子，並任命其為第六度數空間智靈中心的『核母決策總指揮』，有F九級生命能量，也跟隨雅梅莉安·邁蒂到下個度數空間裡去任職吧！」

埃爾紫麗娃此時也回過神來，招呼著眾多的新生命「智靈粒子團」：

「好啦，孩子們，站好隊，大家該出發去第六度數空間層了。」

埃爾紫麗娃朝著雅梅莉安·邁蒂她們揮了揮手，示意大家可以出發了。

於是，雅梅莉安·邁蒂站在最前面，後邊緊跟著眾「智靈粒子」，一起來到了通往第六度數空間的黑色時空隧道（黑洞），雅梅莉安·邁蒂將洞門打開，伴隨著宇宙間發出的「嗡」的高頻音響，她率先躍入隧道內。

眾智靈粒子大光團，也毫不猶豫地緊跟著雅梅莉安·邁蒂，躍入了通往六度數空間層的「黑色時空隧道」洞口中。

在通往下一層空間的「黑色時空隧道」內，他們的耳邊，只接收到洞內圓形洞壁撞擊反震出「啊」的巨大聲波。那按順時針方向旋轉著的巨大的吸力，徑直地將他們吸到了第六度數空間層。

我跟隨老師回到家中，已經是凌晨六點多鐘了。

雖然那些「智靈粒子」都差不多的樣子，我也分不清誰是誰，但是我卻記住了「雅梅莉安·邁蒂」智靈粒子，她變化出了地球人類這個生命載體的最初模樣。她與黑色火球『羅蒂波度』的誕生，又何嘗不是高能生命能量團的一次次「核爆炸」呢！

仰望星空，那些宇宙空間照片，不是也有各種形狀的星雲嘛！

遙想著在那浩渺的宇宙空間，應該有無數的令人神往的故事在上演著……

達蒙·卡萊爾看到這裡，不由得「嘖嘖」地讚歎道：「原來在那遙遠的時空之中，在宇宙第四次形成之時，就已經有了人類這個載體的影像了呀！」

在第六空間層，各個智靈光團都釋放出自己的能量，在低於自己能量級別的生命能量場中，將各種能量光粒子轉化為適應此能量場的隱性或顯性物質。

第九章

第六度數空間

二一〇七年七月八日

老師今天帶著我，繼續觀看十幾天前看到的先祖「智靈粒子」穿越第六度數空間層的過程。

我跟隨著他們邊飛邊聊天，老師給我介紹說：

「以後你將會看到那些高能智靈粒子，是如何用自己的高生命能量來演化你們人類生物載體的光影和各種虛幻美景的。」

我說：「為什麼是演化呢？」

老師說：「在這個度數空間生命能量場裡，物質是不能存在的。」

我說：「我知道，因為我來到這裡也沒有了物質載體。那為什麼這裡就適合光影存在呢？」

老師說：「他們釋放自己的能量，將這個生命場中的能量光粒子，按照不同的形狀聚成形，但還不能夠聚成純物質的，因為所有物質的東西，都會受到這個場能的限制，在這個能量場中都會被轉化為光子能。就是因為你們在一個物質空間層生存，因此我們才會把物質與能量互換的計算方法，傳給了銀河懸臂第三十二層圈的『藍比斯』星球。那裡的『生命智靈體』生活在四維和五維空間，早已經熟練地運用這種功能了。而且，他們也早已將這種計算方法，傳給你們警戒星球上一名人類科學家了。」

我問老師：「那個藍色什麼的星球在哪兒呀？您能不能帶我去參觀旅遊一下呀？」

老師說：「我不是傳達那個星球資訊的特使，那個星球在你們的那個時空層，所以也不會將你帶到那裡去。」我聽到這裡，便不再和老師糾纏這個問題。

我又問老師：「老師，我感覺到那些智靈粒子好像也有我們人類的喜怒哀樂，他們的這些情感跟我們的一樣嗎？」

老師說：「你提出的問題總是有一股孩子氣！對什麼事都那麼好奇！」

我說：「老師，您傳來的資訊，我分辨不出是批評我，還是誇獎我。」

「好學的人才會有各種問題，我來給你解答這個問題吧！」老師告訴我：

他們這些沒有生物載體的智靈粒子，之所以叫「智靈粒子」，就是因為他們是一個單純的「智靈思維因數」，是一個有很高能量的「思維因數」，他們可以在低於自己能量級別的生命能量場中生存，根據其不同的特性，將各種能量轉化為適應此能量場的隱性或顯性物質。他們只是能夠思維，卻沒有人類的「五觸」之感。

但是，有生物載體的人類就不同了，因為人類的「生命載體」是一個很特殊的物質生物體，人類不但有進入體內維持生命體征的「智靈粒子」，對了！你們把他叫做「巨能密度膠子」，還有一個可以「出入」載體，並能夠與宇宙資訊溝通的「丸態思維因數」，這個「思維因數」

還控制著人類生物載體內龐大的「神經系統」。「巨能密度膠子」是智靈資訊中心裡具有單獨生命密碼的「高密度資訊能量因數」；而「丸態思維能量因數」則是人類生物載體構成的必要物質條件，主導著主系肌朊線粒體的裂解過程：生成生物載體的中樞神經系統和DNA系統。這個「神經系統」的感觸，與「思維能量因數」的思維情感，是有很大區別的。

老師說了半天，我還是沒有弄清楚區別在哪裡，只是覺得正面情感多的時候是「思維能量因數」的感覺，負面情感多的時候是我們這個生物載體的感受。還有，覺得自己無所不能的時候是「思維能量因數」的感覺；覺得自己有很多求而不得時，是有載體的感覺。

我又想出一個問題來問老師：「老師，智靈總庫說過，雅梅莉安·邁蒂能穿越亦實亦虛兩界，那她該如何變化呢？」

老師說：「靈兒，你問的這個問題內容，非我所轄！它是由智靈總庫中負責『虛實兩界形態轉換特使』所管轄的！你如果很想知道答案，我只能告訴你如下內容，雅梅莉安·邁蒂將自己變化成一種單奇子形式，這種單奇子本身就具有亦實亦虛兩態性……」

「好了好了，我聽不懂，反正知道雅梅莉安·邁蒂不但能讓我們看到實影，也能夠變沒有了。」我一聽不懂就不愛聽了，急忙打斷老師的話。

老師沒有怪罪我，繼續帶著我飛降。

我和特使老師剛剛飄降到第六度數空間，就看到上方有一束白光射過來，原來是智靈總庫發射的高能粒子光束。

我仰望著宇宙中心，我的「丸態思維因數」雖然不能親臨內宇宙，卻可以看到那裡的一切智靈體。我感覺到「宇宙智靈總庫」決策人的思維波，正默默地注視著這裡新生的智靈粒子們，跟隨著雅梅莉安．邁蒂、羅蒂波度一起穿越到了第六度數空間層。

突然，我發覺自己的思維資訊波與總庫決策人的思維資訊波產生了共振，並緊緊地追隨著智靈總庫決策人的思維軌跡流動：原來他在眾多的靈影當中，發現了靈微子團二號暗粒子「埃爾斯蒂娜」的隱形光團。總庫決策人循著埃爾斯蒂娜未來的時間軌跡，進一步仔細觀察時，不禁暗暗感歎：

「唉！她這也是為了將來與人類命運之間的一次約定！她將來會同雅梅莉安．邁蒂一起，共同守護流落到第七度數空間層的後代子孫們呀！」

但是，當智靈總庫決策總指揮將自己的「思維資訊波」，移向了她未來軌跡的那個時空點上，更加仔細地觀看時，卻發現：埃爾斯蒂娜在第六度數空間層裏，竟然變化成一個體積很小的「高密度智靈因數」了！

「智靈總庫」總指揮官想了想，為了使她能夠排除外界干擾，不被眾智靈粒子識破她誕生的原始智靈體，便用自己強大的「宇心之光」，將「埃爾斯蒂娜」不斷閃耀著特殊頻率的光譜（此光譜是第三度數空間的兩個高智靈團碰撞的產物，是一種特殊頻率的光波），完整地遮罩起來，為的是讓她不受干擾地展示自己的時空軌跡。在宇宙空間要想識別一個高密度、高能量的智靈子，唯一辨別的標準就是觀察他們特有的能量震動頻率光譜。

我和老師繼續觀看著……

眾智靈粒子在「黑色時空隧道」內，感受到「吽吽」的高頻振動所伴隨的巨響！他們終於穿越到了「第六度數空間層」。

大家縱目一看，這裡到處都是閃爍著奇光異彩的「雲朵光團」。新生的智靈粒子們都輕輕地飄落到大片大片的橙色能量光團上面，感覺清涼涼、濕潤潤、軟綿綿的。

新生的超物質生命的「智靈粒子」，好奇地欣賞著神奇、美妙的第六度數空間層。他們決心將這裡開發成一個適於自己生存的美麗的家園。

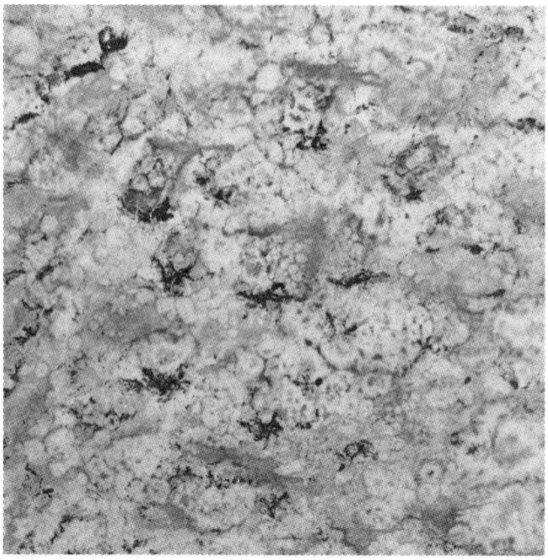

「眾兄弟姐妹們，我們在第六角宇區第六個時空層，先將我們居住的處所，逐一變化出來，再按每個智靈粒子的職責分別入住。之後，再按大家的意願和要求，去分別開發、變化吧。」

第六度數空間層智靈中心的總指揮官——羅蒂波度環視了一下本層的環境，又瞧了瞧雅梅莉安．邁蒂，不斷地對雅梅莉安．邁蒂發去「定向思維資訊」波。老師將他的思維波頻調到我的思維頻率，我也就能夠理解其中的意思了。

原來，智靈粒子之間，是可以用資訊能量來定向發出自己的思維頻率！這有些像現在的手機，用特殊的數位信號波段，就可連接通話。

我正愣愣地觀看著眾智靈粒子，不料雅梅莉安．邁蒂的思維波朝著我定向發了過來：

「現在，羅蒂波度想請你走出信息屏障。」

「這……」我有些猶豫不決，求救於特使老師。

「不用擔心！」老師安慰我道，「在這個時空層中，你也已經是光粒子體了，不會受到什麼傷害的。」

還不等老師的資訊波消失，只見一道紫光，向我的「意識光團——丸態思維因數」掃了過去。

「快來看呀！」

跟隨雅梅莉安‧邁蒂的眾「智靈粒子」，突然驚奇地叫了起來：「這個像人形一樣的智靈體，是從哪裡冒出來的呀？」

原來，雅梅莉安‧邁蒂不等我自己走出來，就將我的「資訊屏障」驅散了。無奈，我的人之形態立即暴露無遺。

我看到羅蒂波度高興地喊道：「她這個靈體形狀，是否就是警戒星球現在的人類生物載體形狀？我們能否按照他們那樣去稱謂？也學著變化那些人類生物載體的身體光影好不好？」

「人類生物載體的光影？」

雅梅莉安‧邁蒂自言自語地重複了一遍羅蒂波度的話。

「對呀，我看到他們人類生物載體的形狀，感到很有趣。先不管我們將來是否要去第七度數空間層，今天又沒什麼事情，還不如先在這裡演幻一下。」

羅蒂波度急忙用心波資訊頻率解釋給雅梅莉安‧邁蒂聽：「我想先在這裡，將第七度數空間層裏的人類生物載體形狀變化出來，到時也好按這個樣子去尋找載體呀！」

雅梅莉安．邁蒂稍加思考，就點頭同意了：「這樣也好，我們就先開發好這裡的環境。因為是超物質的，所以，開發起來很容易，沒有障礙，只是窮其想像，盡可能地去變化。這裡開發好之後，如果將來真的有機會去第七度數空間層，就以第六度數空間層為樣子去建造，也就省事多了。」

第六度數空間層又沸騰起來了。

我覺得這些新生的「智靈粒子」，忘記了如果有了人類生物載體，生命能量就會下降，也就不可能在這個度數空間的生命能量場裏生存了。將來返回「智靈總庫」時，是要經受「智靈粒子」和生物載體分離之苦的！

還有，我也說不清楚「丸態思維因數的思維之感覺」與我們人類的「神經系統的思維之感覺」區別到底在何處，只是體驗到是兩種很奇妙的說不出來的一種很特別的感覺。

達蒙．卡萊爾久久地望著那幅圖畫仔細端詳，總覺得自己也隱隱約約地感受到日記裡所描述的場景，尤其是那閃爍著奇光異彩的雲朵般漂浮著的能量光團，好像看到新生的智靈粒子們都輕輕地飄落到大片大片的橙色能量光團上面，自己好像也有了在那些雲朵上面清涼涼、濕潤潤、軟綿綿的觸感。

他百思不得其解的是那幾幅畫是怎麼畫出來的？需要構思嗎？

從何處下筆呢？如此豐富瑰麗的色彩都是如何調配出來的？不可思議呀！

達蒙博士深吸了口氣，翻開下一篇日記。

二〇〇七年七月十五日　晚上十一點五分

過了一個星期，我休息好了，老師按時來到我身邊，將我的「色粒膠子——丸態思維因數」帶出體外，飛往遙遠的第六度數空間層。在這裡，我見證了一片欣欣向榮的繁華之境。下面是我返回家中後，用自己的語言來描述的……

雅梅莉安．邁蒂，率領著一群新生的「智靈粒子」，來到了第六角宇區的第六度數空間層。大家都被這裡橙色的光團所迷，紛紛踏上了朵朵光團，細細地端詳著這與以上幾層時空截然不同的景色：新奇的感覺，觸動了他們種種美妙的幻想，而這些幻想，又促使他們付諸演化的實踐。

眾智靈粒子來到第六度數空間層的正中央，為第六度數空間層的「智靈中心」聚化出一座漂亮的圓形高大建築光影。這座高大建築，憑空而起，高有萬丈，下有朵朵高能量的彩霧托繞。它位於第六度數空間層的最高能量場中央。在新幻造的高大建築的屋頂上，有一個類似水晶的金色大能量球——金色「智靈珠」。它直指向上一個時空層。

新的高大建築有三十六扇門，環著新建築分別朝著三十六個方向開啟。整座建築的外面被一個橙色大光團籠罩著。

第六度數空間層的決策總指揮——羅蒂波度，飄上了高大建築的最高層憑窗瞭望，其他智靈粒子緊隨其後。羅蒂波度高興地招呼大家來到這裡，向各個方向俯視。誰也沒有想到：在這裡，竟然能夠看到「第七度數空間層」，只見那裡有片片紅光在閃爍。

眾智靈粒子對此「智靈中心」的圓形建築很滿意，只是感覺視野太遼闊了，好像還缺少點兒什麼。

在這裡，沒有那些亮極了的彩色強光，眾「智靈粒子」紛紛按照我們地球人類生物載體的樣子，隨意聚成雲霧般的未來「人形光影」。雅梅莉安．邁蒂提議，在本層空間，大家還是化成人類生物載體的雲影形狀為好。

說完，雅梅莉安．邁蒂已經變化成為雲影樣子：金色的髮卷披在肩上，一雙迷人的碧眼左顧右盼，透著無限柔情與威嚴。筆直的鼻樑高高聳起，粉白的瓜子臉越發嬌媚。她的額頭正中鑲嵌著一顆大大的月亮寶石，閃著幽幽的淡藍色月光。

雅梅莉安．邁蒂身穿著一件玄紫色薄紗大斗篷，在身後輕輕飄逸。

新生的智靈粒子們一見雅梅莉安．邁蒂人形的雲影影像，紛紛叫「妙」，便也都學著她的樣子，按照個人的喜好，變化起來。

羅蒂波度看到雅梅莉安．邁蒂是那麼的美豔絕倫，心生愛意，決定將自己的外形也變化成天地間最俊美的人類雲影。只見他將自己變化成一個極為俊美的東歐美男子的模樣：一對剛中帶柔的秀眉，一雙冷峻剛毅的碧眼，滿頭金髮不燙自卷，身形偉岸而挺拔，手托一顆飛速旋轉的幻彩球。

此時他所變化的這一人類生物載體形象，便成為他的原始智靈粒子所獨有的一個形象了。他閃動著秀目，飄飄地看著雅梅莉安．邁蒂，希望得到她的讚賞。

從此以後，再也沒有哪個智靈粒子的外形，能夠超過他的美形了。引得一邊觀看的智靈粒子們，不由齊聲誇讚。

我看到這裡，也不由喝彩：「好一個漂亮絕頂的決策總指揮！」當我看到他手中轉動的幻彩球時，不由得大聲對老師說，「老師快看！他手中拿著的，不就是我們生活著的地球嘛！」

我怎麼也想不明白，那麼大的地球，他怎麼就能拿在手裡邊玩呢！

老師邊觀察邊點頭稱是，他告訴我，羅蒂波度之所以能夠將你們的地球拿在手裏轉，說明地球將來的掌控權會落入他的手裏。

我不情願讓自己的家園被別人控制，想大聲喊叫，卻沒能喊出聲音來，原來這裡沒有聽覺系統，徒有資訊音波的震動，大家只有調整自己的資訊頻率來感知對方的思維資訊內容。在這裡，我沒有任何作為！更改寫不了宇宙發展的進化史！我能夠做的只有觀察。

霎時間，第六度數空間層中，彩雲飄飄，幻彩奕奕。他們還像我們人類那樣互相稱兄道弟、喊姐喚妹。雅梅莉安．邁蒂看到大家雖然變化各異，但稱謂卻是非兄即弟、非姐即妹，於是，告訴大家說：

「今後，我們司專職的，應該加上所司職務的稱謂，或叫名字。因為在第七度數空間層中，那裡的未來人類的載體多不勝數，人人都有名字，各司其職。他們還定下很多規矩，以束縛其言行，收斂其心性。在我們第六度數空間層，各智靈粒子也要按其所司之職，進行細緻的分工。另外，還要制定一些規矩，以律眾智靈粒子之靈性。」

雅梅莉安．邁蒂的話，得到了眾智靈粒子的回應，他們先從這個度數空間層羅蒂波度所司之職定起。

第六度數空間層的「決策者」也就是總指揮官，因其位於第六度數空間層的「智靈中心」，所以，其職為「中央總指揮官」，統領著遼闊的第六時空層。

看著智靈粒子們隨心所欲地變化，我很興奮，在老師的鼓勵下，也參與了他們的創造、變化與命名活動。沒想到，沒有了人類那個物質載體，我也有了只有在神話小說中才有的神仙一樣的變化本領！

此時的羅蒂波度已不再是上層空間裏一個虛虛的黑色光團了，而是智靈中心的總指揮官的身份。

眾智靈粒子也都有了自己的新身份，他們聚集在「智靈中心」裡，分別命名了監管本度數空間層裏的各種職務：有監管新技術開發的、有負責環境保護的、有負責萬物生靈的、也有負責星球運行軌跡的、有負責風雨雷電冰雪的、還有負責接待各種智靈人造訪的……

我們正在討論著新的職位時，突然一聲巨響，不知是哪位智靈粒子又幻化出一座雄偉圓形建築，將它倒過來貼在了智靈中心建築之下，建築的頂端也懸空旋轉著一顆通紅的大能量球——紅色「智靈珠」，直指向了第七度數空間層。

我們飄飛到高空向下望去：兩座對接而成、渾然一體的圓形建築，就像一個大大的圓形方孔錢幣！接著又飛到遙遠的側面端詳：兩座共用一個大底盤的建築，則又成了一個不折不扣的大「飛碟」。

這一個形狀特殊的高大建築物，就像一座巨大的太空「空間站」！它的憑空出現，無不勾起我的無限遐想……

聚在一起的眾智靈粒子光影，見到兩座奇怪的的合在一起的高大建築物，不由得齊聲叫好。他們時而頭朝上飛進智靈中心，時而又俯衝向下飛進倒置的建築物中，這情景，讓我不由想起了壁畫上起舞的「飛天」女神。看著他們歡快的樣子，好像並沒有頭朝上還是頭朝下的不適，我眼前又浮現出我們空間站上漂浮的宇航員……

我看到那麼多的智靈粒子都有了新的職位，發愁如何區分他們的級別高低，不知他們是否也有部、司、局、處、科的等級制度。

老師告訴我：在各個時空層裡，判斷一個巨能智靈子的輩分和生命能量級別，是以他的生命能量光圈與能量場的大小和顏色波段來區分的。而且，其身份也要以他出生時所在的時空層的密碼來確定。一絲也不會差！

從此以後，第六時空層的秩序已定。眾智靈粒子皆在第六度數空間層，各司其職，忠於職守。

今天跟隨老師回到家裡，心神恍惚，感覺自己處於一個科幻世界當中。好像是在觀看一部科幻電視劇，也分不清所見是真是假還是幻，他們是否就是一群人常說的外星球上的智靈人呢？

達蒙教授被記錄員所披露的諸多宇宙秘密震撼了。他此時在一種奇特的氛圍中，就像被一種強大的資訊能量場所吞噬，靜靜地觀看著一頁又一頁的日記記錄……

第十章

智靈人

二一〇七年七月二十三日 晚上十點三十分

劈啪！一聲，藍光一閃，老師來到我的面前。我奇怪今天老師為何比往常提前了半個小時。

老師回答說：「我們今天要去一個非常美麗的地方，需要花費較多時間。」

我興奮地追問：「真的嗎？是什麼地方呀？」

老師回答：「我們要去觀看第六度數空間層的『智靈人』！觀察他們在遊戲空間時，是如何設計與建造出諸多美景的！」

「智靈人？」我不解。

老師答：「在這個空間裡，那些智靈粒子已經聚化為人體形態的光影，所以，可以將他們改稱為『智靈人』了。到了你們的時空層，就是名副其實的宇宙『智慧人』了。」

我說：「一字之差，就差一個大度數空間層呢！那相差的可不是十萬八千里，而是——」

我接收到老師看著我笑時發出的資訊，只要涉及到數位，我就像喝了一盆糨糊一樣迷糊。

「而是一億六千二百七十八萬個千億秒差距的距離！」老師接著我的話頭將數字說了出來。

我記得看電視劇《西遊記》時，裡面的瑤池美景是我最羨慕的地方了，這次老師如果能帶我去看到那樣的美景，也就不枉此生了。

我催促老師立刻出發，我們又來到了上次眾智靈粒子（應該稱「智靈人」了！）聚會的地方。原本幻想著映入眼簾的應是一片神仙境地，沒想到出乎意料，展現在我眼前的居然是一座壯觀、充滿現代感的飛碟太空城。

那些已經有了職位的智靈人們，在第六度數空間層中，雖然各司其職，但身處這無邊的空曠，他們的日子顯得有些單調。

這一天，第六度數空間層智靈中心總指揮官——羅蒂波度，召集大家於太空城的「環境開發署」裡——

「我今天召集諸位於此，不為別事，只想商量一下，在本空間中，能否再開發變化出一些新的環境空間？」指揮官說道。

他的資訊思維波剛落，便得到大家的積極支持。

「我同意，我可以在這個空間層變化、開發出一片『百花園』。」擅長環境開發設計的「百花智靈人」首先表態。

這時，司飛禽猛獸之職的巨能智靈人——「獸靈人」，也緊跟著說道：「我將變化、開發出一片『靈鳥和飛禽猛獸的樂園』。」

接著，性急的「火靈人」，連話都沒顧上說，就變化出一處「火種密室」。

「將來，在這裡要儲存七粒「高空神秘火種」。此火種，需要到上層空間去取回來。」

我說：「這麼麻煩？直接打過來不就好了！」

老師說：「當然可以！但是它在穿越時空隧道時會將能量消耗掉，在物維空間就起不到火種作用了。」

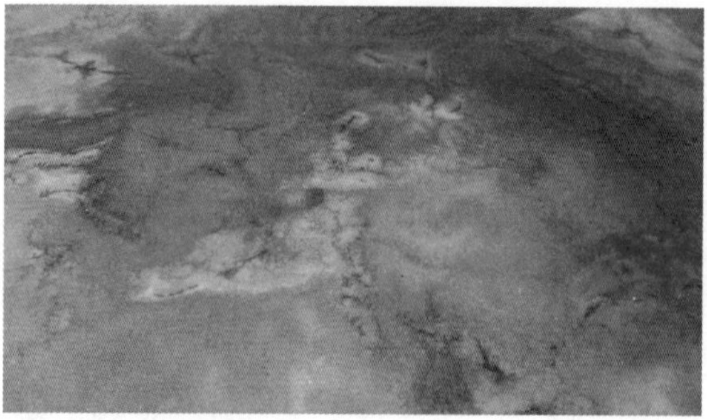

司眾山嶽的智靈人──「山靈人」，則將能量聚化出片片群山與座座峻嶺，在朵朵橙色的彩雲中，若隱若現。

司冰雪的巨能智靈人──「冰靈人」，則在北極處，聚化出一片冰封雪飄之景，到處冰山聳立，雪花飄飄，顯得是那樣玲瓏剔透，晶瑩無比。

負責海洋環境規劃的巨能智靈人──「海靈人」，則將自己居住的處所，隱沒在雲海之中，又變化出不少雲珊瑚樹，各種雲質珍珠，藍色雲浪等雲海異寶、異景。

羅蒂波度看到第六度數空間層的生存環境能量場變得如此華麗，便率領著眾智靈人，到各處遊覽、欣賞。

那片幻化出來的景致讓我大開眼界：不但有獅吼虎哮，狐叫狼嚎，還有鶯歌燕語，鶴舞雞啼，仙樹搖曳，百花爭豔。

近看：層巒疊翠，雲泉淙鳴；遠望：群山逶迤，雲梯蹬道。

諸般美景，若隱若現於煙雲吐納之間……

我正欣賞著眼前的幻境，忽聽到雅梅莉安．邁蒂對眾智靈人說道：「眾位兄弟姐妹們，『宇宙智靈總庫』已經派了送火種的特使，將七顆『神秘火種』送往第五度數空間，令我馬上去取。」

說完，她來到「白色時空隧道」的洞門前，將門打開，等待上層空間智靈中心開啟「白色隧道」的資訊令。

「雅梅莉安．邁蒂，通往這裡的『白色隧道』已經打開，請盡快取回『神秘火種』。」

第五度數空間智靈中心的資訊指令傳來，雅梅莉安．邁蒂化為一道紫玄色的火焰光影，縱身飛入「白色隧道」，巨大的逆旋吸力，將她吸入了上一層空間。

雅梅莉安．邁蒂將那顆「神秘火種」銜在口內，回身又跳入「黑色時空隧道」內。隨著正旋吸力，又返回了第六度數空間層。

眾智靈人簇擁著雅梅莉安．邁蒂，來到了飛碟太空船南邊存放火種的「火種密室」。

「火靈人」此時正在那座準備儲存「神秘火種」的火種密室，恭候著雅梅莉安．邁蒂的到來。

「火靈人」通過密鑰將密室打開，在火種密室中央，有一朵熠熠生輝的七瓣紫蓮，蓮瓣中間是一株閃爍著碧綠色光芒的大蓮蓬，蓮蓬中央轉圈排列著六個圓圓的紅色小洞，洞中央有一個大洞。

雅梅莉安·邁蒂飛到紫蓮花上空，將口一張，一顆赤紅閃亮的「神火母種」，衝口而出，在即將滴落到蓮花的剎那間，又爆裂出了六顆「神秘小火種」。

七顆「神秘火種」在紫蓮花的上空盤旋一周後，紛紛落下，不偏不倚，正好落入花蕊綠蓮蓬裏的七個紅色小圓洞內。

正中央的那一顆火種，即是「神火母種」。

只見火靈人伸手一揮，「啪」的一聲巨響，七個蓮花瓣合攏起來，成了一朵紫色的花骨朵兒，將七顆「神秘火種」包在裡邊。

不是親眼所見，誰也料想不到「神秘火種」竟然被包在一朵蓮花骨朵兒內。（我都看傻了！老師告訴我那個火種，就是個濃縮的核微粒「能量子」而已。）

第六度數空間層的眾智靈人，將所有美景變化安排妥當之後，陸續回到自己的居所，一切秩序井然。

在眾智靈人變化過程中，大家忽略了一位重要的智靈天粒子——第六度數空間層的司水智靈人——布拉克．奈森。

因為，在這個度數空間裡所變化出來的一切美妙勝景，皆為雲霧縹緲之景，無法變化出物維空間中的實實在在的景象。

這裡的一切，以雲霧之形為本質，而「水」，則是一種物質實景，根本無法在這個度數空間層中變化出來。布拉克．奈森費了半天勁，變化出來的全變成了雲海。因而，他身為司水執行官，在第六度數空間層裏，是有名無實的。

雅梅莉安．邁蒂看到布拉克．奈森的勞動全變成了片片雲團，飄過去，安慰他說：「奈森，你不用難過。如果我們真的到了第七度數空間層，主要還得靠你來開發各個星球呢！聽宇宙智靈總庫說過，沒有水的星球，任何有生物載體的生命體，將不復存在。只有有了水，人類生物載體才能生存。」

布拉克．奈森聽說自己將來還能有用武之地，頓時轉憂為喜，興奮地飛回了自己倒置的「水域分配辦公區」。

在第六度數空間層裡，這些變化成人形的高能量光子團們，是沒有上下左右前後之分的。他們不吃不喝，僅靠汲取宇宙能量，來使自己光子團的宇宙能量級提高。

我覺得對宇宙中心而言，凡是生存於宇宙中任何一處的任何生命靈體，都無所謂頭朝什麼地方；在太空船內失重的情況下，連有形生命的載體都可以頭朝下睡覺，更何況那些變化成人形的高能量光子團呢？他們是無所謂頭朝上還是朝下，住所的水域分配辦公區，也是無所謂是正置還是倒置。他們在空間層自由移動，彷彿處於失重狀態的飛船一樣。

我正跟著大家遊覽著，隨意地調轉著自己思維資訊波的頻率，忽然與本空間羅蒂波度總指揮官的資訊思維波產生了共振，發現他在暗中打算穿越到下一個空間層去。這時，還有一個智靈人，也在盤算著如何提前到六角宇區第七時空層——第七度數空間層去開發，去建功立業。

就是在這一意識的支配下，我看到布拉克．奈森偷偷地溜出了「水域分配辦公區」，來到通往第七度數空間層的黑色時空隧道口，毅然地打開了隧道門，急不可耐地縱身跳了進去！這裡邊隱藏著一道極為危險的「生命天河屏障」——磁粒子玄波網。

霎時間，布拉克．奈森被順旋著的巨大吸力吸了進去。他獨自一人，在黑色時空隧道內翻滾著，扭動著，隨著越來越暗的光線，他害怕了，後悔不該一個人出來……

在跟隨老師返回家的途中，我告訴了老師，布拉克．奈森自己跑到「黑色時空隧道」門前，要去我們的那層空間。

老師聽到這個消息，說了聲：「早就發現了他的生命運行軌跡！現在只不過是帶著你來到了過去的一個時空點上。」

我問原因，老師飄蕩的資訊波告訴我說：「以後你們第七時空層有戲可看了。你將來可以看到你們人類這個『智靈生命』的起源、地球史前文明古跡的由來、火星的興衰史、埃及獅身人面像的祖先……」

聽著老師的話，我有些留戀地回頭看了一眼那個大大的飛碟，卻突然發現它已經遠遠地隱在了雲團中！此情此景讓我不由得想起了南宋詩人辛棄疾描寫元宵佳節之夜的《青玉案》一詞：

東風夜放花千樹，更吹落，星如雨。寶馬雕車香滿路。鳳簫聲動，玉壺光轉，一夜魚龍舞。眾裡尋她千百度，驀然回首，那人卻在，燈火闌珊處。

今天回到家又是凌晨六點多了。第六層空間就是我們的上一層空間，那些飄降的「智靈人」們也都變化出各種人形「光影」，一直以來暗藏心中的，關於外太空智靈生命和高功能靈性的各種猜想漸漸顯露端倪，他們曾在、或者將會永遠在多維空間中實驗著各種奇特的「核聚變」！

達蒙教授看完這篇日記，非常興奮，他從中發現了一些與現代科學技術可以接軌之處。比如飛碟太空城、司水執行官、密鑰火種密室、環境開發署……已經接近我們當代社會的各種職能部門了。

他就是有些擔心司水執行官布拉克．奈森在黑洞裡面的境遇，不知道他會不會順利地來到我們這個時空層。他急於想知道布拉克．奈森在黑洞裡面的情況，便急忙翻開下一篇宇宙日記。

二〇〇七年八月二十日

今天老師沒有早到，我想，他一定是要給我講課了，不會帶我出去了。果然，老師準時來了，告訴我，不會帶我進入「黑色時空隧道」，因為太危險了，他給我講了一些布拉克．奈森進入「黑色時空隧道」的故事。

當時，黑色時空隧道門剛被打開一半的時候，布拉克．奈森朝裡邊望了望，發現「黑色時空隧道」中靜悄悄、黑幽幽的，有些嚇人。但他哪裡知道：在這裡面，還隱藏著一道極為危險的「生命天河屏障」呢！

此時，急於立功的布拉克．奈森，也顧不上思考，便急不可耐地縱身跳了進去……

由於布拉克．奈森的縱身一跳，黑洞內的能量場被迅速攪動了起來，瞬間產生了一股順旋的巨大吸力，他被吸入了「黑色時空隧道」。他獨自一人，在隧道內翻滾著，扭動著……隨著越來越暗的光線，他害怕了，「後悔資訊」的抗拒頻率能量佈滿了旋轉場。但他又轉而釋放出安慰自己的資訊能量場：「自己在第六度數空間層，一天到晚無所事事，與其無所作為，倒不如先下來闖一闖，也好落個心安理得！」

布拉克．奈森這樣一想，便驅散了自己原來恐懼的思維資訊能量場，心情反倒平靜下來。在下落的過程當中，最讓他沒有想到的是：在黑色時空隧道內，竟然還有數不清的電離層、磁粒子、光爆層等屏障。布拉克．奈森的智靈粒子體，被屏障中無數的看不清的碎片撕扯著。

每穿越一層，他便發現自己的高密度的智靈生命能量就減少了很多……

當時布拉克．奈森並不知道，自己穿越的竟然是宇宙之中最最堅固的「生命天河光子流」的第二道屏障——磁粒子玄波網。雖然有智靈體高能量的保護，他仍然感到自己的靈覺資訊波，已經漸漸沒有震動的頻率了。

漸漸地，他的靈覺資訊頻率越來越慢……

隨著第七度數空間層的接近，黑色時空隧道內的光線，由光亮的橙色，逐漸地變成了暗暗的紅色。

當布拉克．奈森在靈覺頻率幾近消失時，他竟然感覺到自己已經旋轉著落到了第六角宇區的第七時空層！他的靈覺資訊頻率漸漸恢復了震動，他發現，這裡是一個到處都充滿了紅顏色的時空層，漫天飛舞著數不清的透明星體。雖不及第六度數空間層光亮，卻也處處是柔柔的紅光，毫不刺目。

布拉克．奈森無意間低頭，看了看自己的身體，發現自己竟然成為一個幾乎有了形狀的生命靈體，只不過是個透明體罷了。這讓他驚喜了好一陣子。

布拉克．奈森只顧欣賞第七度數空間層的物質景色，卻不知第六度數空間層中，因為遍尋不見掌管水域的執行官，大家都已經鬧翻了天。

很快大家就發現布拉克．奈森已經私自降落第七層空間，打亂了開發第六度數空間層的全盤計畫，眾智靈人紛紛出動，上演了一齣齣第二道「生命天河」屏障內外的悲喜劇。

先是跟布拉克．奈森最要好的司海智靈人，發現布拉克．奈森不見了，焦急萬分。她跑到羅蒂波度處，向他哭訴，要求他准許自己去尋找奈森的下落。

再就是雅梅莉安．邁蒂的擔心：布拉克．奈森到哪兒，水便跟到哪兒。他一旦尋到警戒球星，虛幻的水便可成形，漫延成汪洋大海，後果不堪設想。

雅梅莉安．邁蒂還有件憂心的事：第六度數空間層的秩序、時空法規與律法，尚未完善，布拉克．奈森私自去七空間，該受何等處罰，需報智靈總庫決定。

我問老師：「高層空間也有『處罰』一說嗎？」

老師說：「一般是減少生命能量的級別，這就等於被罰到下一級生命能量場或下一級別維數空間去了。」

尤其令人擔憂的是，布拉克．奈森如果真的去了第七度數空間層，在穿越那層最危險的「生命天河」屏障時，將會失去巨大的宇宙生命能量。他的「智靈粒子」也會被擊碎，成為喪失部分能量的「天粒膠子」，再裂解成為一個「巨能密度膠子」。還不止於此，並且還會被進一步分解成為光粒膠子、音粒膠子和色粒膠子這樣三個「智靈粒子」體。由「天粒膠子」裂解而成的攜帶著唯一生命密碼的「巨能密度膠子」為了生存，將會攜帶一個色粒資訊膠子去一次次尋找、出入一個個物質載體。一旦回歸時，就需要再與光粒子、音粒子聚合成為一個完整的「天粒膠子」，補足其喪失的那部分資訊能量，才可以再一次提升自己的生命能量場。這可是個艱難的過程。另外，在人類生物載體聚集的「第七度數空間層」，還需要作好各種準備，因為它的底層與下一層空間相鄰，在那裡，充滿了伺機尋找低頻共振機緣的負能量智靈粒子的思維資訊波。

七層空間再向外，便是第八度數空間層，也叫「鏡面空間」。那裡，已經是本宇宙的邊緣——黑色的死亡時空層，已經是一個沒有任何超物質生命意識智靈體的空間了。

除了在第六度數空間層和第七度數空間層之間，設置了阻止「生命光子流」外流的第二道屏障之外，在第七度數空間層以外的各時空層之間的隧道內是不設防的，就是考慮到墜落於此的智靈粒子，將來飛升的方便。

最危險的是任何有形與無形的超物質生命智靈體，稍有不慎，便會通過黑洞、黑色時空隧道，被吸落到下一層空間。

那時，才真正是叫天天不應，叫地地不靈。但是，只要人們的思維資訊波不是有意自動調低了振動頻率、發射低頻的資訊波，也不會輕易地被吸入下一層空間。

因此，「第七度數空間層」這個時空層，是一個極為危險的宇宙時空層，任何物質生命智靈體，如不檢點自己的行為、意識，便有可能跌落到下一層空間裡去。

在那裡，回歸的希望，非常渺茫。

因此宇宙智靈總庫在這層空間（第七度數空間層）的上邊，又設置了第二道更加堅固的「磁粒子玄波網」屏障。他們希望通過這種設置盡最大可能阻擋住那些智靈粒子跑到屏障之外去。

對剛剛看完的這篇日記，達蒙．卡萊爾最感興趣的不是宇宙空間能量場的變化，也不是黑洞中有多可怕，更不是那些跳入科學界範疇的新名詞，而是對第一個來到我們這個充滿秘密的第七時空層的「智靈人」——司水長官布拉克．奈森！他很想知道奈森這個司水執行官出走以後六時空層的情景如何。

二〇〇七年九月八日　十點零八分

今天特使老師來得真早，我還想先睡一小會兒再聽課呢！既然老師來了，那就問問老師今天給我講什麼內容吧！

原來今天要講的是，布拉克·奈森私自飄降第七度數空間層以後的事情。我一個哈欠還沒打完，老師就要將我帶走，我說，不行，萬一有個小蟲什麼的飛進我的嘴裡怎麼辦？

老師說：「你越來越不怕我了！」

我說：「誰讓您越來越不守時了呢。」

老師不語了，我怕老師傷心，趕緊賠不是。

老師說：「沒想到已經演化到這個第七度數空間層了，只有在這裡，『時間』才有了實際意義，才可以稱得上是名副其實的『時空層』了。為了適應這裡的生命能量場，那些『智靈粒子』紛紛被擊碎，轉變成攜帶部分能量的『天粒膠子』和『巨能密度膠子』了，而且也都有了類似人類的名字。」

原來老師沒有生氣啊！我們人類就是「小心眼兒」！

老師等著我痛痛快快地將哈欠打完，就帶我上路了。我們來到上一個空間，看到那些各司其職的智靈人們正在聚會。

下面是老師在途中告訴我的一些內容：

當時，「宇宙智靈總庫」的決策者們原以為有了生命屏障就是萬全之策了。他們想讓眾智靈粒子知道，這裡之所以又設置了一道屏障，就是要告訴大家：屏障之外，是一個極為危險的地方！是一個到處都充滿了「警示」與「幻象」的時空層。這也就是他們當初要將七時空層，命名為「警幻空間層」的緣故。

試想，眾智靈粒子如果落到了這樣一個極為危險的宇宙時空層，能不令人擔憂嗎？

眾智靈粒子來到第六度數空間層，這裡對隱形生命而言，不存在任何危險，況且，還有第二道「生命天河」堅固屏障的有效保護。所以，僅僅有一些變化的功能與開發的本領就足夠了。

但如果到了「第七度數空間層」就不同了。

雅梅莉安．邁蒂曾經聽宇宙智靈總庫的高智靈們給她講過，在第六度數空間層以上的空間裏，大家隱形的「生命冷光團」是一個完整的「高密度、高能量智靈子」，也就是「智靈子」或「智靈粒子」。但是在經過第二道「生命天河」屏障時，整個「智靈子」不但要被擊碎成為一個缺失部分能量的「天粒膠子」，並且還會蛻變為一個「巨能密度膠子」，還會被分解成為三個單獨的「膠子體」，而且，它還要同其中一個膠子體不斷去尋找並蝸居在一個物質的生命載體中，才能夠在那裡繼續生存。

這些理論，我在上次記錄中，已經聽到老師給我解釋過，而雅梅莉安·邁蒂的擔心就是這些。對於一個有生物載體的生命智靈體來說，在那裡處處充滿了危險，特別是對於來自「下一個度數空間」的不良資訊波，已經分解成三分之一能量的小膠子們，還不具備對付它們的能力。

此時，第六度數空間層的太空城，正處在初建時期的緊要關頭，布拉克·奈森卻不辭而別，私自突破「生命天河屏障」，降落到危機四伏的第七時空層，這豈不是給第六度數空間層的智靈人們添亂嘛！

那時的宇宙智靈總庫的決策者們，更是清楚地知道第六度數空間層裡所發生的一切，讓他們擔心的事還是發生了：只要有一個「智靈粒子」突破了生命天河屏障，進入了第七度數空間層，隨後跟去的就不會少了。但，這也是他們的命運，結果已經無法改變了。

「警戒星球」，是宇宙智靈總庫賜予地球的名字。他們希望自己所有的智靈子後代，最好不要去那裡，即使到了那裡，也要時時警惕、戒備與收斂著自己的意識與言行，不要給那些來自於「下一個度數空間」不良的潛意識負能量資訊以可乘之機。他期盼著未來的「地球」，在他的智靈後代們的辛勤創建下，變成他們永遠美麗富饒的家園！

來到第六空間太空城，我見到了這樣的情景：

「布拉克·奈森不見了」的消息，就像風一樣傳遍了整個第六度數空間的太空城。因為眾「智靈粒子」光團智靈人，都是超物質形態的意識資訊生命體，皆以「意」和「資訊」相通。所以，消息傳得飛快。

眾智靈人自從得知布拉克·奈森不見了的消息之後，紛紛猜測著、互相詢問著：

「你說，我們的布拉克·奈森到底去哪兒啦？」

「他是不是回到第五度數空間層了？」

「不可能！每次返回上一層空間，必須得到上一空間智靈中心的准許，並打開白色時空隧道的門，等待著那股逆旋的吸力，才能夠返回去。」

「是呀，布拉克·奈森沒有第五度數空間層智靈中心的准許，是無法打開隧道的洞口的。再說了，即使撞開了隧道門，擅入時空隧道，沒有強大的逆旋吸力，那漫長的六千三百萬個千億秒差距的路程，也足以將他的宇宙智靈體能量耗盡而湮滅了。」

很多智靈人都不相信布拉克·奈森去了第五度數空間層。

「那只有一個可能，」雅梅莉安·邁蒂猜測道：「布拉克·奈森去了下一個時空層——第七度數空間層！」

第六度數空間層中與羅蒂波度共同主持智靈中心的副指揮官——安卡·特拉姆焦急地叫了

起來：「那可就麻煩了！他一旦踏上了警戒星球，不僅水將有了實體形狀成為物質態的，會把那個星球淹沒，而且他在通過第二道『生命天河屏障』時，還將會損失掉很多宇宙生命能量。可能將他的智靈粒子體擊碎，在將來要想回歸，就難上加難了！」

就在大家議論紛紛之際，第六度數空間層羅蒂波度和那些新生的小智靈人們，都各自有自己的打算：羅蒂波度生性活潑，對讓自己擔任第六度數空間層的指揮官心有不甘。

有一天，他找了一個機會，悄悄地對一個小智靈人說道：

「你敢不敢跟隨我去第七度數空間？」

「當然敢！」小智靈人回答。

「那好，我們找個時間。對了，你再幫我多找幾個小夥伴，我偷偷地帶你們去。」

我暗想：我們七時空層有什麼好？還非都要來我們這裡湊熱鬧！

羅蒂波度來到太空城的指揮中心，趁安卡．特拉姆不在，便偷偷地「光爆」了一個自己的複製品，他是從第四度數空間埃爾紫麗娃那裡學來的，並將「光爆」好的自己藏了起來，等到自己去七時空層時，再將他放出來，代替自己行使總指揮官的職責。

羅蒂波度給自己的「替身」，也打上了一個特殊的密碼印記，其對應的名字是：「金羅蒂」。

別看羅蒂波度生性好玩，但他非常聰明，也很理智、細心。他很清楚：自己不能隨便更改「智靈總庫」烙在自己靈體上本空間總指揮官的「密碼印記」，而且必須留在本空間，不能隨便移動的。如果自己要去七時空層，導致這種「密碼印記」在本空間消失，其結果就是自己的「智靈粒子」體也將會在「智靈總庫」中被註銷。

因此，他才急急忙忙地「光爆」了一個替身，替自己履行指揮官的職責，唯有如此才不會失去自己的原始生命密碼，才不會被總庫註銷。

這樣，他既可以到七時空去玩，又能夠不違犯本空間的律條，真是一舉兩得的好主意！羅蒂波度為自己的聰明想法，雖有些飄飄然，但還不敢掉以輕心，小心地做著臨行前的準備工作。

老師說到這裡笑了，我急忙發去同頻資訊波詢問：「老師，我感覺到您笑了，為何？」

老師答：「羅蒂波度自以為自己很聰明，其實總庫早已流覽了他的智靈體運行軌跡。」

我問：「如果總庫允許我們這樣做的話，我也爆一個替身出來！」

老師回答：「你先爆一個給我看看！」

沒想到我用盡了各種方法也爆不出來。

老師笑著告訴我說：「憑你一個小小的『智靈思維因數』，可沒有那麼大的能量。如果換作你體內的『巨能密度膠子』的話，倒還有些可能，不過他不能在物質載體內有任何作為，只能儲存能量。」

我洩氣了，不跟老師討論這個問題了，繼續記錄。

先放下羅蒂波度積極地做著去七時空的準備工作不提，再來看看那些小智靈人們，他們聽說布拉克．奈森去了第七度數空間層，不由得也動了心思。淘氣、活潑的天性，讓他們也按捺不住對七時空的好奇與嚮往。他們相約：一定會有高智靈人去七時空層尋找布拉克．奈森，他們也要偷偷地跟隨一起去。

雲海智靈人這時也在暗暗地盤算著：「我這高空雲海，如果是個物質形態的該多漂亮啊！一旦有了機會，我一定要到那裡去，開發出一片藍色的物質海洋，讓布拉克．奈森也在那裡居住，這樣，海水就永不乾涸了；然後，再將美人魚智靈四姐妹，請到第七度數空間層的警戒星球上，在海底住所裡和我做伴。」（看來海中真有海智靈人）

此時此刻，其他智靈人如火靈人、冰靈人等都在做著自己的打算。他們也想到第七度數空間層去走一遭，而此時「去尋找布拉克．奈森」便是最好的藉口了。

說來算去，只有安卡．特拉姆沒有去第七度數空間層的打算。

因為她捨不得眼前的雄偉壯麗的太空城，她要駐守第六度數空間層，享受這沒有物質形態的虛幻美景，在這裡還能夠隨意變化成人形的智靈人，而且不會受到物質的各種限制。

第二天，眾智靈人聚集在智靈中心總指揮部，羅蒂波度這一次讓安卡·特拉姆坐在他的左邊。在高空間層，我發現幾乎所有高能量的智靈人，都是左撇子，在他們那裡是以「左」為首的。羅蒂波度這樣推崇安卡·特拉姆是有自己的打算的。因為將來代替他行使「總指揮職責」的，是自己的替身。他這個替身，比不了第五度數空間埃爾紫麗娃的替身（雅梅莉安·邁蒂），因為邁蒂的宇宙能量級別很高，她可是有十二級能量呢！

所以，今後處理各種事物，還得靠具有九級能量的安卡·特拉姆多費心。更何況，安卡·特拉姆的本性，就是願意處處強出頭，這樣做豈不正成全了她？

看起來，在第六度數空間層也仍然是女權當政！

眾智靈人對羅蒂波度的這一舉動，大惑不解，但因為當時在這個太空城裡，還未有制定出詳細的時空法規與律條，因此，也就沒有多問。而此時的安卡·特拉姆卻很得意，並沒有推辭，她對羅蒂波度的這一舉動，也就沒有過多地去考慮原因。

羅蒂波度不安地坐在虛幻的大沙發上，不知如何開口提出去第七度數空間層的事。

正在他惴惴不安之際，海智靈人率先開口說話了：「眾位兄弟姐妹，布拉克·奈森不見了，我想，他一定是去了第七度數空間層。羅蒂波度，我放心不下他的安危，請求去第七度數空間層走一遭。」

羅蒂波度一聽，正合己意，他便點頭說道：「好吧，我馬上派一些高能智靈人，跟隨你一同去第七度數空間層。」

羅蒂波度邊說，邊抬頭問眾智靈人道：「你們哪一位願意隨同海智靈人到第七度數空間層尋找布拉克·奈森？」

「我去！」海靈人第一個回答。

「我也去！」負責鳥獸的智靈人也急忙上前去搶著回答。

「我也得去！」山靈人也不甘落後。

「我們也想去！」一群花圃院的「小花人」也悵悵地說道。

「不行！」上邊傳來安卡·特拉姆嚴厲的聲音：「你們都走了，誰來管理太空城後面花圃園中的百花？誰來為它們揮灑宇宙細小的微能量呢？」

羅蒂波度見眾智靈人都要到第七度數空間層去，心中有些著急：「大家別急！我們不能全都下去呀，第六度數空間層也需要開發管理。這樣吧，此事就由雅梅莉安·邁蒂來安排吧！」

記錄到這裡，我的思維中不知湧起的是什麼情感，那些原本不應該來到這個險惡時空層的高能智靈人，卻為了一個司水的智靈人而紛紛衝破危險的生命屏障，來到了這裡。我從中看到高空智靈人有著宇宙「大愛」的特質！他們是一個有著極高能量的充滿「愛」的高密度光體。

我們不能在高層空間逗留太長時間，老師帶著我迅速返回了家中，我急忙將今天的所見所聞記錄下來，心中不知不覺地有了新的期待。一個我們所熟悉的時空中的故事。

達蒙又打開了下一篇日記。

第十一章

光音色三色子之謎

二一〇七年九月十七日 晚上十一點二十分

終於把老師盼來了，我急著要看看人類的智靈是如何從一個完整的「智靈密度膠子」被分解為三個智靈小粒子的精彩過程。

由老師口頭講給我聽倒也可以，但我更願意「親臨現場」觀看，用自己的語言來記述給人們聽。這是我的小私心，親臨現場就像在夢中觀看彩色電影一樣，顯得很真實。

我催著老師將我帶到了「現場」，正好看到雅梅莉安．邁蒂在暗中向宇宙智靈總庫請示著什麼。

下面就是我看到的情景：

我看到一直默不作聲的雅梅莉安．邁蒂，正在暗暗地請示宇宙智靈總庫。我急忙讓老師將我的思維資訊波頻率調到同頻狀態，我聽到了他們之間的意識流淌。

宇宙智靈總庫的決策人猶豫再三，他擔心雅梅莉安．邁蒂帶領智靈人們在突破「生命天河屏障」時，會喪失宇宙能量，便決定助其一臂之力。

總庫決策人告訴雅梅莉安．邁蒂，總庫第六角宇區的生命能量，保障部門會在零空間暗暗地幫助他們。在他們即將通過第二道「生命天河屏障」時，會用一種極為特殊的「磁力光膜」

將他們包裹住，使「天河屏障」的玄波網爆炸的威力，對他們的傷害減弱一些，為的是讓他們在通過屏障時，將生命能量的消耗減到最低。

最後，宇宙智靈總庫又對雅梅莉安·邁蒂傳達一條資訊，讓她在帶領「智靈密度膠子」（智靈人）們，飛降到警戒星球之前，為保留智靈體的大部分生命能量，要將一部分能量光體留在六空間層，只允許一小部分能量體到下一個時空層。必須在那裡創造出一個能夠適應各種生命靈體生存的整體環境，然後，再在那裡製造出各種生命粒子的物質載體。完成任務之後，要速速返回總庫複命。

再後來我就聽不到了，原來總庫決策人將傳導資訊調頻、加密，用一種我從來都沒感受過的極高的頻率，繼續向雅梅莉安·邁蒂傳授著「時空機密」。只見雅梅莉安·邁蒂頻頻點頭，接著，資訊頻率忽然又產生了變化，我又能聽到了，她對大家說：「各位，我們先去尋找布拉克·奈森。宇宙智靈總庫發佈旨令，命我護送大家一起到警戒星球上去。待找到布拉克·奈森以後，再來安排大家，陸續降落第七度數空間層。現在，我就來指定隨我下界的眾智靈人。」

所有的智靈人，一致同意雅梅莉安·邁蒂的提議。

第一批去尋找布拉克·奈森的智靈人終於選定了下來。

聽到這裡，我偷偷地問老師：

「您不是說到我們那裡去，必須要分成三個小粒子嗎？不是還讓她保留大家的能量嗎？她們怎麼還是完整的智密膠子形態呢？」

老師說：「你太性急了，等等再看！」

只見雅梅莉安．邁蒂讓大家一字排開。老師的信息餘波還在，就看見一道道紫色的閃電，徑直地朝著那些「智靈密度膠子」光團的中心處劈了過去。

剎那間，從每個智靈光團的中心，飛濺出了三個亮亮的光球，分別是金黃色、藍色和紅色。這三種顏色是六時空層中最基本的顏色。這三個亮球，就是金黃色的「光粒膠子」（俗稱「黃色粒子」）、藍色的「音粒膠子」（俗稱「藍色粒子」）和紅色的「色粒膠子」（俗稱「紅色粒子」）。當我再回過頭來朝那個「智靈密度膠子」望去，發現他們的光暈都縮小了很多，老師告訴我他們都蛻變成為五彩光暈的「天粒膠子」，攜帶著留下的百分之九十左右的生命能量。

我不由得發出感歎：那麼高能量的「智靈粒子」竟然也會被擊碎，成為喪失部分生命能量的「天粒膠子」，並且還會被進一步分解成光粒膠子、音粒膠子和色粒膠子三個智靈粒子體。我暗想，那麼多的小粒子，總不會全部都到我們地球上來吧！

此時，智靈總庫的資訊波從高空傳了過來：「雅梅莉安．邁蒂，你要對這些新生粒子做好能量場的分配，絕對不能錯！否則他們將來很難回歸了！你將保留有大部分宇宙生命能量的『天粒膠子』留在他們誕生的那個時空層積蓄著原有的能量。另外，再從『天粒子』中分出少部分生命能量存儲在一個『密碼能量團』中（這個『密碼能量團』就是巨能密度膠子，而非智靈密度膠子），在這個『密碼能量團』中複製出他原有的『生命密碼』，將來由他（密碼能量團）攜帶著『色粒膠子』共同進駐『生物載體』。記住！這個密碼是他們回歸時唯一的一個識別標誌！而那個『光粒膠子』則存放在七層時空的三級十二維生命能量場中。唯有隨時可以捕獲虛空生命暗能量的『音粒膠子』和標有生命密碼的『密碼能量團』與『色粒膠子』，才可以跟隨你到七時空的一、二級生命能量場中去。兩種膠子的功能不同，『音粒膠子』將在虛空中監視著『色粒膠子』；因為我們將這個宇宙中唯一具有的低維度思維功能賦予了『色粒膠子』，讓他和『密碼能量團』進駐不同的『物質形態載體』中，使它們成為有生命跡象的『智靈體』的載體，那時，第七度數空間層的一級生命能量場將會變成一個名副其實的『物質世界』。將來他們回歸時，『密碼能量團』攜『色粒膠子』同『生命載體』分離，由『音粒膠子』接回，再回到他們誕生的那層空間，同『光粒膠子』融為一體，成為一個完整的『天粒膠子』，再一起回到零空間的智靈中心。」

我此時不知道邁蒂的情感動向，只是集中思維，拼命將自己的思維波頻調到與智靈總庫的資訊頻率產生共振，並牢牢記住他傳達給雅梅莉安的每一條資訊內容。

我深深感受到智靈總庫的宇宙最高決策人那顫抖著的「愛」！就像伸出了一隻無形的手，操縱著那高頻資訊波，不斷地在撥動、感染著每一個微小生命的靈感心弦！他的囑託、他的細膩、他的擔心、他的博大、他的無所不包的愛，都讓我的心靈震顫不已！我不知道自己此時的單粒子智靈體是否還有眼淚，更不知道他們將會在何處流淌，我不知道我們人類的身上還有這麼多不為人知的秘密！在這種充滿愛的能量場中，我反思著，地球人類的大腦思維中，為何會有那麼多的與之共振的「低能量的負頻思維」。我更想知道我們該如何將自己的頻率調高，並與那高能量「愛」的思維頻率共振。

老師感知我在反思人類的低頻思維，沒有去打攪我，只是默默地跟在我的後面。

不大工夫，我的情緒就被那些歡呼的新生小粒子們感染，我收回思緒，繼續細細地觀察著他們……

當雅梅莉安．邁蒂將宇宙智靈總庫的回應公佈出來的時候，大家都禁不住歡呼起來，終於可以去七時空層尋找布拉克．奈森了。但誰也沒有想到，如此一來，將給智靈密度膠子的回歸增添不少的麻煩。而且，凡是到警戒星球上去的，都必須將自己完整的「天粒膠子」解體成三份！

老師怕我記不住那麼多的內容，就又詳細、耐心地給我解釋著：

「『色粒膠子』（即丸態因數）還可以細分為兩個小功能粒子，即『色子』與『迷子』。它們各自主宰著同一個物質載體的『天性』與『氣質』。其中的『色子』，也叫『資訊思維因數』，它在暗中時時感受與記錄著各種能量場的資訊（看來，宇宙特使老師帶往各空間觀察、體驗的那個『我』，也一定是那個『色子』嘍！），將來，它會跟隨著『色粒膠子』一起回歸；而『迷子』，即神經系統主宰的『動態思維因數』，它也帶有一定的宇宙資訊能量，因為它主管著物質載體的所有行動。

『色粒膠子』每次跟隨『密碼能量團』脫離物質載體回歸時，就像人們搬家離開祖屋一樣，都要留下一個『管家（迷子）』守候著，以示對逝去的載體的紀念。

如此一來，『色粒膠子』跟隨『密碼能量團』每轉換一個生命載體，都要失去一個『迷子』，留下一部分生命能量。轉換生命載體的次數越多，遺留的『迷子』就越多，生命能量就越低。如果他總是不能設法使自己的能量獲得提升，就會一直降低下去，直至消耗殆盡，墜落到下一個時空層。

這是由宇宙第七時空層這個特殊的物質環境所決定的：因為，它既有無形的虛幻環境，又有各種生物載體的物質環境；既有無形的『音粒子』在虛空，又有生物載體的『色粒子』在物質載體內。

此時，雅梅莉安．邁蒂帶領著她指派的幾位『智密膠子』和新生的小粒子們的『音粒子』與『色粒子』，等待安卡．特拉姆為他們打開通往第七時空層的『黑色時空隧道』的大門。」

老師送我回到家，囑咐我說：「下一次，我要用專業一些的語言，告訴你人類在地球真正的起源是什麼，你要好好準備記錄。」

我們人類真的那麼複雜嗎？是誰讓我們學會了思維？是誰給了我們生命？我們以前真的是個小粒子嗎？

難道我描述的景象老師不滿意？還要另外給我講課？不知內容有何不同？期待著……

觀看日記的資訊專家達蒙．卡萊爾，此時已經不知道該思考些什麼了，他只是驚訝！生物科學早就已經進化到DNA的密碼序列，已經認知了細胞核和神經系統，但對人類的智靈思維的研究卻還是個空白。尤其是那些人體本身所顯示出來的種種奧秘，還未曾真正揭開，那些人類最想知道的我們「從何處來」又將到「何處去」的論題，一直都籠罩著一層神秘的色彩。這些未知領域，成為了一種被無知所利用和似是而非的令人難以理解的所謂「天機」。

達蒙迫切地想知道這些秘密，早已忘記了一切，他重新調整了坐姿，繼續觀看這一篇篇的宇宙日記。

二〇〇七年十月五日　晚上十一點

老師來了，看到我已經把紙和筆都準備好了，很高興，說了一聲：「開始吧。」

我馬上進入狀態，飛速地記錄著老師所傳達的重要的宇宙資訊……

老師問我：「你認為你們是從哪裡來的？」

我說：「有人說我們是你們的『實驗品』；有人說我們是你們的『犯人』，有罪的犯人；有人說我們是一群墮落的『天使』；有人說我們是一群『靈魂垃圾』；還有人說我們是……」

「行了行了，」老師打斷我的話，他情緒有些黯然地對我說道：「可憐的孩子！是誰給你傳達的這些傷人的負面信息？我明確地告訴你，你們不是我們的實驗品、不是我們的犯人、也不是靈魂垃圾，你們是天使，但不是墮落的天使！你們來到這裡難以回歸，一直是宇宙資訊智靈總庫無法解脫的痛！」

我不解地問：「不是犯人，為什麼要懲罰我們？為什麼要監禁我們？為什麼不給我們自由？」

老師開始耐心地解釋，他說，我們之所以會來到這個時空層繁衍生息，都是自己闖的禍。當時，我們的智靈祖輩飄落到此後，發現這裡並不適合自己生存，想返回去又都因生命能量不足回不去了；想生存下來，又都無法適應這裡的物質環境。智靈總庫很心痛，只好派高能智靈人給我們製造相應的生存環境與適宜的生命載體，以便讓我們能夠暫時生存下來，學會適應物質環境的能力。老師告訴我這個過程是智靈總庫的愛心安排，他要我們學會對宇宙大「慈愛」的「感恩」。

老師告訴我：

第一個闖過生命天河屏障，來到這個物維空間的「智靈密度膠子」，就是「布拉克．奈森」，他負責整個時空層裡的水，包括水的各種衍生物，並利用時空場的各種能量，將水分子帶往各個空間。水，是智靈生命體在這裡生存的一個必要條件。

至於地球人類與各種智靈生命體是如何在地球上生息繁殖的，首先，必須有各種飄落至此的「色粒膠子」與有著生命密碼的「密碼能量團」在這裡生存時所必需的生物載體，他們才可能在這裡生存下去。

地球人類科學家一直在尋找「生命」的起源，你們的尋找方法和目標，實際是在努力地尋找「生命載體」的起源，而不是「智靈生命體」的起源。「生命載體」在沒有「密碼能量團」和「色粒膠子」進入之前，只能喚做「生物體」，而不能叫做「智靈生命體」。之所以叫「智靈生命體」，是對「色粒膠子」而言，他是宇宙間有思維功能的「資訊膠子」。「色粒資訊膠子」

又被後來的宇宙起源研究的科學家稱為「丸態思維因數」。

智靈生命的「載體」是如何起源的呢？簡單來說，它們主要依賴於宇宙中溢散態空間存在的一些「基本粒子」。這些基本粒子就是那些在資訊隨向性的作用下，所自然形成的「資訊迷粒子」和「色粒信息膠子」。當太空中的溫度在「特定區域中」迅速降至八十七℃到零下三十二℃的範圍之內時，這些「資訊迷粒子」和「色粒信息膠子」就會合成生物載體最初的一種「肌朊線粒體」（一種膠溶性的線粒態的資訊遺傳物質體），從太空飄落到地球表面，形成一個生物載體所必需的「主系肌朊線粒體」，進而分裂、成長、再聚合各種有機物質，從而誕生各種不同形狀的最原始的「生物載體」，散落在地球的不同地點，等待著每一個不同震盪頻率的「色粒資訊膠子」與其共振並迎其入住。（看起來是先有生命的載體，然後才有的人類的智靈生命體。）

我又問老師說：「老師，我知道生命載體是這樣形成的了，可是，人類的大腦怎麼會思維呢？它又是怎樣生成的呢？我出來了他還會想事情嗎？」

老師笑了，強烈蕩漾起伏的資訊波傳了過來：「人的神經系統是物質的，不是超物質的。是由宇宙中有著思維功能的『色粒資訊膠子』跟隨著『巨能密度膠子』進入人體佔據『腦丸宮』之後，領導著主系肌朊線粒體依照智靈資訊宇宙的暗網路裂解、複製出來的。『丸態思維因數』

是這個系統之首。另外它還有一套『群態反應因數』構成生命體的DNA遺傳密碼體系，依此不斷裂解、複製成旁系肌朊線粒體，裂變為人的肌體。整個神經系統遍佈全身。受『丸態因數』控制指揮，所有正思維資訊所得能量皆儲存在丹田處的『蓄能丹』（也就是『巨能密度膠子』）中，待其攜帶『丸態因子』離體回歸之用。負思維資訊則消耗它所儲存的正能量！離體或不離體與資訊宇宙勾通的即是那個『丸態因數』，它是宇宙空間裡可單獨存在的小『思維因數』。人的腦神經系統放大以後，就是信息宇宙暗空間的微縮圖！」

我聽老師講完才恍然大悟：「原來，這就是我能夠和暗宇宙進行資訊溝通的奧秘！」

老師看我聽得很認真，記錄得很仔細，就繼續為我傳達著如下資訊：

最初的「智靈生命」，無一不是由於「色粒資訊膠子」（丸態思維因數）的入住而產生的！但是，這些「丸態思維因數」不是被我們看管的「罪犯」，不是我們的「生物實驗品」，也不是「墮落的天使」，因為他們沒有墮落！當初他們是懷著美好的願望，想體驗、開發、建設這裡，才誤闖了生命天河屏障，來到這個物質世界。

我們沒有將你們看作是「罪犯」，而是一些迷途走失的「孩子」。為了幫助你們回歸家園，我們一直在努力！當我們終於找到你們時，馬上採取了各種保護措施：在你們的周圍設置了層層屏障、隔離膜，避免宇宙中的各種射線、磁場、高能量……危害到你們的生命載體，並經常傳達一些資訊，來指導你們、提醒你們，以種種災害向你們示警，為的就是想保存你們「智靈密度膠子」原有的生命能量，不要過分地去消耗它們，避免將來回歸時能量儲備不足。

智靈總庫看到你們的智靈祖輩們突破了屏障，不是我們要懲罰你們，而是你們自己來到這個空間，為了生存，為了適應這個能量場，又不得不將自己關進了物質的「籠子」裡面（指的應當是各種生物載體），甩不掉、逃不出，並且還非常害怕離開這個「籠子」！如此一來，不但損耗掉了你們自己原有的生命能量，還給你們的回歸製造了痛苦與障礙。

老師不想將氣氛弄得過於沉重，又告訴我一些有趣的事情。

當初智靈生命的誕生很有趣：眾多飄降到地球上的「密碼能量團」攜帶著「丸態思維因數（色粒資訊膠子）」，還不懂得挑選生命載體的形狀，有的就進入了動物載體裡面、有的進入了植物載體裡面、還有的進入了各種怪模怪樣的載體裡生存。萬物皆有靈即由此而來！當時生命載體的DNA都不相同，少的只有一條，多的達到十二條。根據載體的生存時間不同，離開載體的時間也不相同。

剛剛進入生命載體的「丸態思維因數」苦不能言，他們發現自己被禁錮了，會拼命掙扎、痛哭，無奈之下才會漸漸接受這個載體。在日後的成長過程中，首先威脅他們的就是腹中的饑餓感，他們開始尋找食物，沒想到連同自己一起進入到了一個大自然「生態食物鏈」，生存在了一個「物競天擇」、「優勝劣汰」的物維環境當中。

這部分內容我記錄完畢，又跟老師聊起天來。

我問：「老師，既然智靈總庫愛我們，時刻盼兒歸，是不是應該派一位高能師父來我們這個空間幫助我們呢？」

老師答：「以前曾經有多位高能智靈人被派遣到這個時空層，面對面地給人類講解各種宇宙知識，講解回歸到智靈中心的各種方法。」

我問：「以前有過，那現在呢？曾經有人告訴過我，說是有一個宇宙間級別最高的師父來到地球救眾生啊！」

老師反問：「級別最高？」

我點頭。

老師說：「我給你講了這麼多，你認為誰的級別最高呢？」

我說：「當然是智靈總庫的總決策人！他的能量級別是二十五級！但是，他是不能到我們這個時空層裡來的，就連內宇宙最低能量級別的智靈人都沒有可能來到這裡！這個時空最高的能量級別是十二級，就是這個時空層的智靈中心唯一的決策總指揮『核母智靈子』呀！只要在這個物質空間，人類生物載體的能量級別就只有一、二、三級，極個別的人可以達到四級。所以，他根本不可能是宇宙能量級別最高的人！」

老師問：「還用我進一步解釋嗎？」

我說：「那到底誰能夠幫助我們回歸呢？」

老師開始繼續給我講課。

在這個時空層，目前是沒有救世主的，能夠救你們的，只有你們自己！只有你們體內的「密碼能量團」和「色粒資訊因數」與資訊宇宙高智靈資訊的溝通與自查，進行自我改造，不斷適應大自然，愛護大自然，愛護大自然生物鏈上的每一個生命靈體，給大自然以一個良好的容介環境。只有如此，你們才會不斷地提高自己思維資訊的振動頻率，提高自己的生命能量級別。

不要聽從那些自以為是的鼓動，擾亂自己的思維。要想提高自己的生命能量，還必須遵守人類自己制定的道德規範。一定要守住自己內心深處的高頻底線，不斷反觀自己、調整自己的思維資訊的頻率，並逐漸與宇宙大愛的頻率和諧共振。只有這樣，你們才有可能逃離那些低頻率資訊的衝擊。牢記！你們不能將生命能量都浪費在對別人的說教與受教之中！一個人類的「巨能密度膠子」和「丸態因數」能否回歸，並不取決於任何一個人，而在於自己是否可以將能量級別一步步地提高。

你們一定要記住！所有用非正常方式離開生命載體的「密碼能量團」和「色粒資訊膠子」，

它的能量都是逸散的，根本不可能返回高能量、高密度空間層的生命能量場中！甚至連原來空間裡的生命能量場都不能適應而飄落下行。

「老師，您知道我們人類有一種『造業』與『消業』之說嗎？」我忽然又想出來一個名詞向老師請教。

老師說：「那是你們久遠的世間用語，在宇宙智靈總庫裏是沒有此說法的。」

我問：「那時候所指的『業力』到底是什麼呀？」

老師給我解釋說：過去人類所說的「業力」，實際上也是一種生命能量的體現。所謂的「造業」，是一種生命能量的損失與浪費；而「消業」則是一種生命能量的自我補充過程，而且只有一種途徑，就是來自於體內「丸態智靈因數」與資訊宇宙溝通時的思維所產生的正態能量！人類之間是不可能相互「消業」補充能量的，它只能來自於智靈宇宙。

我問：「老師，如果我們人類出現了一些自稱的各種大師，我們該如何判斷他們到底是不是真正的高智靈老師呢？」

老師答：「一個高智靈老師，他會引導你們自修自查，會告訴你們該如何將自己的生命能量提升。有一些自稱大師的人，也會教導你們這樣做。」

我問：「那我們就更難以區分了！」

老師答：「辨別高能老師『真』與『假』的標準只有一個，那就是——看他是將你們生命能量的提升引向了體內，還是體外。也就是說，他是引導你們不斷進行自查與自修還是將你們引向了參與不利於他人的各種活動，這也包括針對他人的各種不良的思維資訊導引。尤其是後邊這一條，更是減損、浪費你們生命能量的做法！同時浪費掉很多提升自己能量的時間！其實在物維世界中，『生命』的本質就是『時間』！這種所謂的『大師』還會利用眾人對自己的崇信，來汲取大家『敬仰思維』時所產生的生命『能量流』，來補充自己能量的不足。這樣的老師將自己標榜得再高，也不是真正的高智靈老師。明白了嗎？」

聽到老師的話，我為物化了的人類感到羞愧與自責。不是嗎？我們人類卻常將「時間」當作了物質的「金錢」！我此時此刻深深地感悟到老師所講的「時間就是生命」的真正內涵。的確，生命在「金錢」面前也許會千差萬別；但在「時間」面前，卻是人人平等。在時間所顯示出的「生命軌跡」面前，「金錢」顯得是那樣蒼白無力，那樣微不足道！

我整理了一下自己的思路問老師：「您的意思是說，我們只要自己踏踏實實地生活、踏踏實實地修身養性，不要管他人好壞了？」

老師說：「你們可以將宇宙的大愛傳送給每一個人，但不可以將自己的意願強加於人，尤其是不能惡意詛咒他人！這是萬劫不復的惡念！要知道，小到每一個微小的生命、大到每一個存在著的團體，都有各自的命運運行軌跡。國家也是如此。這就像宇宙也有自己的運行軌跡一樣，這就是你們常說的『天道倫常』！『命運軌跡』是不會被你們人類的主觀意念場所左右的！反之，這種『逆運思維資訊』，只會損害、降低你們自己的生命能量！」

我說：「那如果人數眾多呢？」

老師說：「你們人類不是沒有人在嘗試著向『宇宙大愛』挑戰！向宇宙『運行規律』挑戰！但結果如何？只有他們不斷地一次次地去自圓其說了！」

我說：「老師，您指的是？」

老師說：「泛指，只是告誡你們，不要浪費自己有限的生命能量，不要試圖挑戰我們每一個度數空間層智靈中心的能力！不要將我們的『愛』排斥掉！」

我通過老師震盪著的資訊波，感受到老師的目光很慈愛，巨大的「愛場」使我的心在顫抖，我的淚水奪眶而出。

當我返回家中的時候，發現那個坐在那裡的「我」眼裏竟然也滴落著晶瑩的淚珠。

今天跟老師的對話，讓我對世間所謂的「大師」，有了更高的分辨能力。我承受不了老師擔心與慈愛的能量場，我只有用眼淚來撫平自己震盪的情緒了。

達蒙教授讀到這裡，低下頭來，靜靜地消化著宇宙特使老師所傳達給地球人類的「大愛」資訊，體會著「時間」就是「生命」的深刻含義。不知不覺地，他發現自己竟然也熱淚盈眶。

二〇〇七年十一月三日　晚上十一點

今天老師帶著我「看」的是在「黑色時空隧道」內，雅梅莉安·邁蒂帶領著眾「巨能密度膠子」和「色粒資訊膠子」，飄降第七時空層的過程中大家的交談內容。

在「黑色時空隧道」內，幸虧有智靈總庫的暗助，眾「巨密膠子」和「色粒膠子」體，才沒有遭受到「生命天河屏障」玄波網更加激烈的打擊。他們的「超物質形態靈體」，隨著那股巨大的順旋之力，旋轉著……下降著……

在隧道內下落的時間很長，他們便聊起天來。

雅梅莉安·邁蒂首先發出了震盪的資訊波：「我們這次通過的第七層『黑色時空隧道』，同以上幾層『黑色時空隧道』的距離一樣，都是一萬六千二百七十八萬個千億秒差距。但是，大家要耐下心來，因為此去的時間，要比我們從『第五度數空間』到『第六度數空間』的時間，長好幾倍呢！」

山智靈人問道：「我不明白，為什麼一樣的路程，但走的時間卻不相同呢？」

雅梅莉安．邁蒂笑答道：「這是因為，在這一隧道中，有智靈總庫設置的第二道『生命天河屏障』。另外，在宇宙之中，還有很多大家不知道的秘密呢！」

這時，大家都被雅梅莉安．邁蒂的這句話勾起了興趣。

我也對雅梅莉安．邁蒂的話，表現出了極大的好奇。這可比大家在地球上，用各種探測儀、望遠鏡、航天器，來觀察、計算、探討宇宙的秘密，來得方便、準確得多！

於是，大家一起央求雅梅莉安．邁蒂道：「你快給我們講講這宇宙『生命天河屏障』到底是怎麼回事，然後，再給我們講一講宇宙中的其他秘密吧！」

雅梅莉安．邁蒂說道：「智靈總庫為我們設置『生命天河屏障』，就是為了避免宇宙中的『生命光子流』，飄流到沒有生命的外空間去。因此，在『第三度數空間層』和『第四度數空間層』之間，設置了第一道『生命天河屏障』。人類將它稱為『光離子玄波網』。為了保證大宇宙的穩定，又以它為界線，將宇宙分為『內宇宙』和『外宇宙』。在我們所處的『外宇宙』中，宇宙智靈總庫還是不放心，又在『第六度數空間層』和『第七度數空間層』之間，設置了第二道『生命天河屏障』。這道屏障又叫做『磁粒子玄波網』。智靈總庫想以此來阻止我們繼續向外漂流。在每一道屏障內，都有無數的光、電、射線等各種核離子爆炸天網，凡是想突破這個屏障的『智靈生命光團』，都會被炸得支離破碎，宇能盡失。」

「那該怎麼辦呢？」風靈人著急地問道。

眾智靈人感到非常好奇，靜靜地聽雅梅莉安．邁蒂繼續講下去：「在宇宙三宙歲時，曾經有一些『智靈生命光團』，在沒有智靈總庫的幫助下，因為好奇，就曾私自闖過了『天河屏障』，在宇能盡失之後，便紛紛墜落到物質時空層的地面上。那時，他們已經沒有選擇何種生命載體的能量了，結果很悲慘，有的進入石頭中，有的落入藻類中，稍微好一點的便是依附於植物體中了。」

「邁蒂姐姐，那您是怎麼知道的呢？」一個花智靈人問道。

「對呀，我們難道不會改變那種結局嗎？」其他智靈人也有些不解。

「邁蒂老師，」我也將自己的疑問資訊發射過去，「我們地球人類非常想知道，為什麼丸態思維因數能夠知道我們未來所發生的事情，而我們卻不自知呢？」

雅梅莉安．邁蒂笑了笑，告訴大家：「我在這裡，只好給你們講一講宇宙間的『時間』與『時空點』的問題了。在大宇宙中，『時間的運行軌跡』比如說是一條直線，那麼，我們所在的位置就是在『時間軌跡』過去時的一個點上面；而人類，則是在『時間軌跡』未來時的一個點上面。我所講的一切內容，就是由於分別站在了時間軌跡『過去時』和『未來時』的點上來看的。這就是宇宙間的『時間秘密』和不同的『時空點』的秘密了。」

「再打個比方，現在，我們來看在第六度數空間層的時候，對於『時間軌跡』來講，就是過去時；而在第六度數空間層的時候，來看我們現在的一舉一動，對於『時間軌跡』來講，就又變成了未來時了。實際上，各個『時空點上的內容』早已存在，並沒有任何改變。但由於你所處的『時空點』不同，因此，它所表現出來的『時間』內容，也就不盡相同了。可以這麼說，一切的歷史內容與事件，實質上，都是宇宙『時間』在不斷運行時所留下的軌跡而已！還有，各個時空層中的『時間點距離』也不一樣。越是向外，時間的點距離就越大；而越是向裏，時間的點距離也就越小。」

聽到此，眾智靈人才恍然大悟：原來，大家是已經回到了宇宙過去時的一個「時空點」上面了。要想改變過去已經發生了的歷史事件，也就是改變過去的「時間軌跡」，已非易事。這種「時間概念」，此時聽起來，還是讓人感到那麼深奧、難解。

這時，我又向雅梅莉安·邁蒂提出了一個我們人類特想瞭解的問題：「請問邁蒂老師，我們人類，有時將一些遠古時期的化石拿來研究，是不是也站在了那個時期的『時空點』上了呢？」

「非也，」雅梅莉安·邁蒂搖了搖頭，「你們並沒有站在那個時期的『時空點』上，而是還在原來的『時空點』上。」

雅梅莉安．邁蒂看到大家露出了不解的神情，便又繼續講道：

「你們看到的那個化石，已經不再是當時的化石了，它展現給你們的物象，也僅僅是時間在它的身上所遺留下來的『物質軌跡』而已。你們研究來研究去，也只能是推測它所存在的『時空點』及其『物化過程』，卻並不能夠真實地看到它物化的整個過程。明白了嗎？」

「那我們怎樣才能夠真實地看到它們的實際物化過程呢？」我急切地問道。

「唉！」雅梅莉安．邁蒂歎了一口氣：「你們現在的人類，早已經將自己本來的面目忘懷，你們那與生俱來的特異本領，也早已不復存在。在宇宙間，在『時間軌跡』的任何一個『時空點』上，除非你們自己所經歷過的事情，可以在你們的記憶中，打上時間的烙印，否則，誰也不能夠再回到當時的『時空點』上，去再現那時的記憶。除非……」

雅梅莉安．邁蒂把話頭打住，猶豫了一下，想了想，又告訴大家說：「對於人類來講，除了現在時的『時空點』，你們可以實實在在地感受得到，而過去時和未來時，也只能是存在於你們的記憶中和幻想裏罷了；你們絕不能夠回到過去和將來的任何一個『時空點』中。」

「為什麼？」我急忙問道。

雅梅莉安．邁蒂繼續為大家解答著：「因為人類都有一個物質的載體，而且，這個載體的各種行動，還存在很多限制。只有那些隱形的『丸態思維因數』，才能夠在過去和將來的各個『時空點』上，來去自由。這也就是人類的『色粒資訊膠子』在沒有居住在人體裡時，所天生具有的特殊功能。你們現在之所以能夠跟隨我一起上天入地，而沒有任何障礙，就是因為你們現在只有『巨能密度膠子』、『色粒子』和『音粒子』，而沒有『人身』這個載體的限制。」

「原來如此！」眾智靈人恍然大悟。

此時，我正在琢磨雅梅莉安．邁蒂剛才說了一半的話：「邁蒂老師，您剛才話說了一半，您說『除非』是什麼意思？難道還有其他什麼別的辦法，可以讓我們回到從前的『時空點』上？」

雅梅莉安．邁蒂看了看我，又對大家說道：「我的意思是，人類除非沒有『人身』這個物質的載體，才能夠隨心所欲地來去，可以回到過去的任意一個『時空點』和從未來的任意一個『時空點』回到現在。」

「可是，我們卻做到了用影像的形式，來記錄過去的事情呀。」我又補充道。

「不錯，」雅梅莉安．邁蒂回答：「但是，你們所記錄的事情，比如說拍攝的『錄影』和『電影』，只能說明你們是使用高科技手段，將當時的那一個『時空點』上所發生的事情記錄下來了。但過後你們再去觀看這個錄影或電影時，卻並不能代表你們已經站在當時的那個『時空點』上了，而是應該說，你們是在用自己的肉眼（視覺神經），在現在時，觀看過去的那個『時空點』

上所發生的內容的『物像記錄』而已。而且，此時你的思維軌跡與那時的思維軌跡並不能夠重合。」

「還有，我的老師說，『時間』只有在我們的時空裏才有意義，那在高維時空就沒有意義了嗎？」

「我知道你的老師是第三度數空間的高智靈，時間在他那裡根本就沒有意義！」雅梅莉安·邁蒂告訴我：「即使是一秒鐘的時間，在那裡幾乎沒有任何『靈覺視界』的事件發生。但在你們的物維空間裡，就要流淌過無法計算的時間長河了。那裡會有無數的『視覺事件』發生，時間會記錄下各時空點軌跡上面所發生的千姿百態的物化內容。所以，在物維空間裡，時間的運行軌跡是很有意義的。無論是對你們每一個生命體，還是一個非生命體，時間都有其實際意義。時間存在於宇宙空間的角角落落，就像你們的『丸態思維因數』一樣地無處不在！只不過是軌跡長短不同、視覺方式與內容也不同罷了！」

在黑洞中繼續飛降，雅梅莉安·邁蒂告訴大家，去第七時空層，要做好思想準備，因為我們將要衝過非常堅固的第二道「生命天河屏障」。到了那個到處都是物質星球的空間能量場裡面，「巨能密度膠子」和「色粒子」的物質生命載體，將遍佈於各處。「巨能密度膠子」攜「色粒子」進入這些物質載體時，就像離開時一樣，是非常痛苦的。他們一旦恢復了先天的資訊思維便會發現：自己竟然被一個「殼」樣的東西禁錮起來了，就會拼命掙扎、痛哭不止。當發現這一切都無濟於事時，「巨密膠子」也只好蟄伏於內，將整個載體（那個殼），全部交付給「丸態思維因數（色粒膠子）」管理，而自己則等待著蓄足能量、躍出載體的時機。進入載體的這些自由自在的「色粒子」，在物質載體內的生活，是極為不方便的，將來他們棄體回歸時，也同樣要經過好幾道載體防線呢！

雅梅莉安．邁蒂帶領著眾智靈人，繼續向下飛落……

二〇〇七年十一月十二日　晚上十一點零五分

上次跟隨老師在「黑色時空隧道」裡，「看到」那些飄降的「巨能密度膠子」和「丸態因數」，圍著聽雅梅莉安．邁蒂所講述的那些內容，我幾乎都忘記記錄了。老師說，果然不出他所料！因為他在詢問我時，發現我的腦思維波好像被浸入一盆糨糊！老師帶我回來以後，只好一句一句地重新講給我聽，我再逐字逐句地記錄下來。

今天老師不想帶我去了，說我聽也白聽，什麼也記不住，可是我還是磨著老師，要跟著他們一起體驗。老師沒辦法，只好又將我帶走，進入「黑色時空隧道」，繼續上次的旅程。

雅梅莉安·邁蒂將眾智靈吸卷到自己的周圍，向他們繼續述說著宇宙的諸多秘密，我聽到邁蒂耐心地給大家講解著：「我們的宇宙，就好比是一個以內鏡面層為外邊界的大大的球。球的外邊，是無盡的黑色的虛空能量之海。除了中心以外，球裡面共分為九大度數空間層，但只有七個度數空間中有智慧生命靈體。最外邊的第八、九度數空間層，就是鏡面空間層，那裡沒有任何『生命智靈體』。有關『內宇宙』的三個度數空間層，維數太多，暫時不去探討它們。現在，只說說『外宇宙』間，有『生命智靈體』存在的四大度數空間層。

「宇宙的中心，是『零空間』，那裡的中心是『智靈中心』，智靈中心的核心是『智靈總庫』。智靈總庫將整個宇宙，劃分為六個『角宇區』，我們都是『智靈總庫』的後代。智靈總庫從每一個『角宇區』開始，分別向各個方向，分刻出三百六十個時間『角度』來。每一個時間『角度』內，又分劃出三百六十個時間『分角度』；在每一個時間『分角度』裡，又分劃出三百六十個時間『秒角度』來。就像從一個點，向上、下、左、右、前、後六個面，分別彈射出了無數條密密麻麻的時間角度線。

「這些線與線之間的『時間角度』雖然相同，但在各層度數空間之間，線與線之間的『時間點距離』，卻各不相同。越靠近零空間，『時間點距離』越短；反之，離零空間越遠，其『時間點距離』則越長。他們隨著各度數空間層數的增加，其『時間點距離』是各以三百六十倍的倍數遞增的。」

「打個比方，零空間到第一時空層，再到第二時空層。同一個『秒角度』的『時間點距離』，在各時空層卻各不相同。如果在『零空間』，一個『角秒』的『時間點距離』是一天的話，到第一度數空間層的『時間點距離』則是近於一年（地球時間三百六十天）；如果在第一度數空間層過一天的話，到第二度數空間層的『時間點距離』同樣是一年（三百六十天）；但對於『零空間』來講，這裡的一天，在第二度數空間層則已經是十二萬九千六百天了，也就是三百六十個年的『時間點距離』了。」

「所以，在各時空層之間，雖然層與層間的『縱距離』相同，但在同一角度下點與點之間的『時間距離』，卻相差三百六十倍！這就是宇宙中心的宇心『角度時間』點距離與空間各點之間的距離最為簡單的『宇維概念』。」

我問老師：「老師，點與點的距離不是長度嗎？怎麼又可以用時間來計算呢？」

老師說：「這要區分那兩個點是在時間內，還是在空間內。在空間內的點與點的距離當然要用長度來計算；但如果是在時間內的點與點的距離，就必須用時間的長短來計算了！」

我又問道：「那我們人類的壽命與眾位智靈長輩的壽命是怎樣計算的呢？」

只見老師沉默了一會兒，微笑著對我說道：「有人常說『智靈子』的壽命很長，那是高時空層相對低時空層而言的。每一個時空層的生命靈體的壽命，都因其所在時空層的不同而有所差異。大家雖然都是生活在同一個『宇心角度』中，但在各自生活的度數空間層裏的每一個生命靈體，在各自的時空點上，所運行的『時間軌跡』的距離，卻是長短各異的，因而，他們的生命週期也是不相同的。我們就是這樣在同一個『宇心角度』時間中，以點與點的運行軌跡距離的長短，來計算每一個生命靈體的壽命的。」

老師講完了這些，長長地籲了一口氣。而我卻還在默默地計算著那三百六十倍數的特殊的「時間點距離」與各自的壽命問題。（太難算了！這也太浪費腦細胞了！）

我的思維頻率突然調高，跟老師嚷嚷開了：「這一個時空層、一個時空層算起來，多麻煩啊！乾脆，我就記著上一時空層和下一時空層的『時間點距離』不就方便多了！層數太多也算不過來呀！」

老師的資訊頻率與我的產生了共振，也說：「依我看呀，你就記著你們對應的第六度數空間層的『時間點距離』就行了（第六空間層的一天，等於我們的三百六十天），也沒必要去記上幾層空間的時間了，記了也沒用啊！」

「宇維概念……」我忽然想起了這麼一個概念，自言自語地叨嘮出來了，於是有些疑惑地大聲問老師：「請問老師，在大宇宙間，什麼是『四維空間概念』？什麼是『宇維概念』？」

老師對我說道：「將你們的三維立體空間，再加上一個『彈力場』態，就是『四維空間』。在高度數高維數的空間層裡，時間並不能算是一個『維』，它有很大的隨向性，又無處不在，只能說，時間在你們的物維密度空間裡才有一定的實際意義！該怎麼向你解釋呢？」

（看來我的問題也把老師難住了！實際上是老師無法將「高維度概念」給我們這些「低維空間」的人類講述清楚。老師陷入了沉思，我靜靜地等待著他的回答）。

沉思良久，老師為難地對我說道：「因為你們人類，都長久地生活在『三維密度空間』裡，所以，要給你解釋清楚什麼是『多維密度空間』，就好像給你們徹底解釋清楚什麼是『命運』一樣困難，那不是一件容易的事情。這樣吧，我來給你們做一個比喻。比如，我們將一個『多維密度空間』，看成是一間大房子，裡邊裝滿了各種物品，智靈總庫核心決策人和眾高智靈長輩，就是這個房子的主人。在這間房子裡，無論什麼時候，房間主人只要想看這個房間的任何地方，他都可以隨心所欲地看。而且，還可以親自到房間裏的任何一個地方去巡視。生活在這個『多維密度空間』裡的主人們，將那些生活在三維或二維密度空間裏的眾『生命生物體』，比喻成一個個小小的『螞蟻』。在這間房子裡，所有的螞蟻們的運行軌跡，房間主人們都能夠看得清清楚楚，而螞蟻們對眾智靈主人們的行為軌跡，卻永遠也弄不明白。如果，有哪一位智靈先祖，在螞蟻們的運行軌跡的前方設置了障礙，那它的運行軌跡就要改變。對於這一點，智靈總庫決策人和眾智靈先祖是非常清楚的，而低維度的螞蟻們卻無論如何也不會知道自己將來的命運軌跡，會在未來的哪一個『時空點』上轉折，又會在哪一個時空點上結束。

這就好比在魚缸裡面養的魚生活在一個維度中，永遠弄不清魚缸外面的多維高密度世界到底是個什麼樣子。我這個比喻，雖然不太恰當，但其中的道理卻是一樣的。這間大房子，對眾多的低維空間的『螞蟻』來講，就是一個多維高密度空間的『宇維概念』了。」

我今天聽了老師用比喻的方法，對「多維高密度空間概念」的解釋有點兒明白了。看起來，我們生活在地球上的人類，要想弄明白「多維高密度空間」裏的「高級生命靈體」的生活真相，還真不是一件容易的事情。

達蒙．卡萊爾看到此處不由得有些興奮起來：「我們所處的空間是一個三維空間，一維、二維的概念我們明白，加上『彈力場態』維度的四維時空也大致明白了，但真正的四維空間是個什麼樣子呢？」

「我想起來了！」達蒙一拍腦門，驚喜地叫了一聲，「我記得曾經看到過一則著名的歷史事件，是在二十一世紀發生的事情，一架大型客機突然失蹤，後來經過了九年的時間，這架客機又突然出現在藍天之上，並且安全著陸。」

達蒙還記得，當時搜尋到那篇報導時很是驚訝。那些飛機乘客和所有的機組人員竟然都不知道在自己身上發生了什麼，他們並沒有感覺到時間過去了那麼久！

達蒙博士正在聚精會神地回憶著，突然閃現出一團刺眼的光團，那個光團一閃一閃地傳遞出這樣的資訊：「你們所議論的那架飛機，當時從你們的視覺事件位置上消失了，但是卻在你們的另一個四維空間出現了！這種維度空間的轉換，對你們來說是一個視覺誤區！但對我們而言，卻是從一個你們看得見的物維空間，轉到了一個亦虛亦幻的超視覺空間。」

雖然不是那種聽覺神經以往聽到的熟悉聲音，卻能夠清楚地感覺到強烈的資訊波在震動！在震動的頻率解讀中，達蒙終於瞭解到那架客機失而重現的真相。這則消息當時引起了轟動，尤其是讓那些一度因為失去親人而痛苦不堪的人們感受到了強烈的震撼！

達蒙拿著日記繼續翻閱。

第十二章

尋找布拉克·奈森

二〇〇七年十一月二十六日　晚上十一點

上次老師給我講了宇宙的「時間概念」和「宇維概念」，弄得腦子挺亂的，今天我特別想讓老師帶我出遊。沒想到今天特使老師到來以後，無論我怎麼哀求他，他都不同意帶我出遊了。因為我「出遊」回來記不住任何有用的內容，還要他在這個時空層多逗留時間給我講解。若長久如此，他的生命能量會減退的。我只好老老實實地讓他用資訊波來傳達講課的內容。

我用思維波問老師：「您讓我在『宇天全息微縮法』中，僅僅看到了智靈總庫使大宇宙膨脹與收縮的實景，但我們不知道，總庫使宇宙膨脹後再收縮的動力來自何方？」

「這個……」老師猶豫了一下，接著，便又親切地告訴我：「實際上，在每一個大宇宙之中，都有一個同我們所知的『陽宇宙』相對應的隱形『暗天體』存在。當智靈總庫帶動『陽宇宙』旋轉膨脹時，則對隱形的『暗能量天體』就會有一個擠壓收縮的反作用力。當『陽宇宙』膨脹到一定極限時，『暗天體』也會被擠壓到一定極限（陰零點），而會產生一個相反的旋轉膨脹的反彈動力。這時，『智靈總庫』就會帶動著被『暗天體』擠壓的『陽宇宙』一起，再旋轉、收縮，回歸到零點（陽零點）上，完成宇宙的一個宙歲週期。如果，你們將我們的『陰性智靈中心』所統領的物質宇宙，看作是一個『純陽性宇宙』的話，那麼，你們也可以將那個『暗天體』，看作是一個『純陰性宇宙』，也可以將其稱之為『暗宇宙』，統領他的則是一個『陽性能智靈中心』。這個整體的『大宇宙』，就像是你們人類所謂的『正負共體宇宙』一樣。而統領『純陽宇宙』和『純陰宇宙』（即『陽宇宙』和『暗宇宙』）的『智靈中心』，就是各半宇宙能量場內的兩個『能量核心』，他們分別是一個『陰性智靈中心』和一個『陽性智靈中心』。我們的『陽宇宙』由一個『陰核母』來統領；而『陰宇宙』，則是由一個『陽核母』來統領的。這就是大宇宙間的『大平衡定律』，也就是『陰中有陽，陽中有陰』的宇宙正負大平衡法則。實際上，我們所說的『智靈總庫』是一個正負共體，就是『陰、陽宇宙』之核心，他所統領的是統一的大宇宙，包括你們的『物質視覺神經』所見的『陽宇宙』和『丸態思維因數』可見的『暗宇宙』這兩個對立的宇宙。這不僅僅是每一個獨立的大宇宙都要遵守的宇宙大平衡法則，就是在各個時空層中，也一樣是要嚴格遵守這個正負平衡的『宇宙法則』的。甚至，就是在將來的人類和各種動、植物體中，也無一例外地要遵守這個陰、陽平衡的宇宙法則。」

「這就對了，我們人類是有一個帶魚眼睛的『太極正負圖』，它可能就是代表大宇宙的這一個大平衡特性。」

我若有所思地不住地點著頭，對人們所見到的那個「太極陰陽圖」的內涵，也就有了更形象的理解。

我突然有一個奇怪的想法，自言自語道：「老師，如果說我們人類所處的是一個『陽宇宙』的話，那雅梅莉安·邁蒂就是這個陽宇宙的智靈中心的『陰性能量核心』；要是我們原來所處的那個第六度數空間層，是一個『陰宇宙』的話——那羅蒂波度，就是那個宇宙的智靈中心的『陽性能量核心』囉。」

老師聽了我的話，不由笑道：

「那不叫宇宙智靈中心的『能量核心』，而是各時空層的智靈中心『能量核心』，或者是分正負能量的『核母決策人』。」

記錄完之後，我靜靜地思考著：原來我們生活著的宇宙中還有一個看不見的『暗宇宙』，我們正在擠壓那個看不見的暗宇宙，有朝一日，他被擠壓到臨界點時也會膨脹，反過來再擠壓我們這個陽宇宙。那時，我們就會感覺到宇宙不再膨脹，而是在收縮了。

達蒙看著這篇日記，對一直在尋找宇宙膨脹的原動力問題上，好像有了一些新的啓迪。

……橋：一隻飛越死亡的巨大鐵鳥……

——特朗斯特羅默，李笠譯（選自《特朗斯特羅姆詩歌全集》）

二一〇七年十二月七日　晚上十一點十分

進入十二月了，這一年也就快過去了。我等著老師再次降臨，不知今天要給我講什麼宇宙知識。

老師來到我面前，對我說要給我講雅梅莉安．邁蒂帶領眾智靈人來到七時空層的所見所聞。我以為老師要帶我去「現場」，高興地等待著，不料老師讓我拿好筆記錄。

下邊是老師給我講課的內容：

後來，雅梅莉安．邁蒂率領幾位「巨密膠子」智靈人，同羅蒂波度偷帶下來的一些小智靈人合成一體，將一些專門負責環境改造的幼小智靈人，嚴嚴地卷裹在當中，迅速地向目的地——第六角宇區第七時空層飛落而去。

他們在黑色時空隧道內，在智靈總庫核母宇光團的幫助下，伴隨著「劈劈啪啪」激烈的爆炸聲，衝過了一道道天網，最後，他們終於成功地越過了第二道「生命防線」，繼續向下飛落。

飛降的眾智靈人，只覺得亮亮的橙紅色，在逐漸地變暗、變紅……

突然，他們聽到「砰」的一聲巨響，關閉著的黑色時空隧道屏障，被他們衝開了，他們來到了地角宇區第七時空層。同時，智靈總庫的「靈宇能量團」瞬間轉化為一架隱形大飛碟。

老師問我：「你知道你們的時空層是什麼顏色嗎？」

我說：「您說過是紅色的，可我夜裡看到的是黑色的，白天是藍色的。」

老師說：「不錯，是紅色的。為什麼你夜間看到的是黑色的，這等以後我會講給你聽的。」

他繼續講課……

他們來到你們這個時空層，發現竟然是暗暗的紅色，到處飄蕩著巨大的有形物體。它們相撞時，會發出耀眼的紅光。

遠處還有一團一團的亮晶晶的碎珍珠、水晶、寶石似的聚合體；有的還聚成了長長的一條帶子形狀的集合體。

雅梅莉安·邁蒂帶領大家，來到一團亮石頭跟前。她對這一大團亮石頭進行了目測：長足有四十萬個千秒差距，約為十三億零四百六十四萬光年；寬約有六萬一千三百多個千秒差距，約為二億光年的距離；厚約有四百六十個千秒差距，約為一千五百一十萬光年之遙；整個形狀，遠遠望去，就好似拱起的一座橋。

老師問我：「你猜他們看到的是什麼星團？」

我說：「我又沒有看見，您又不讓我去看。」

老師說：「你把眼睛閉上。」

我閉上了眼睛……

「哎呀！這不就是我們曾經探測到的那個命名為『壁壘』的星團嗎？」

老師說：「當時，他們對此還爭論過呢！」

老師雖然沒有帶我到他們那裡去身臨其境地觀看，但此時老師又將我的思維資訊波段調到了與他們相同的頻率，我們的思維產生了共振，我「看」到距此遙遠的眾智靈人，並「聽」了他們的對話：「這一大堆亮石頭，我們叫它們什麼呢？」

「就叫橋！」

羅蒂波度看了雅梅莉安．邁蒂一眼，他看到鼓勵的目光，於是下決心似的說道：「這堆亮石頭就叫星星吧！」

說完，他又看了一眼雅梅莉安．邁蒂。

雅梅莉安．邁蒂等大家議論完，總結道：「在這裡，所有生命靈體和非生命靈體，都是有形的、物質的，像這些大石頭樣的東西，我們就稱它們為星星。但眾星的聚合體在這個空間也很多，我們何不將這些聚合體也取上名字，將來，我們有機會雲遊這個時空時，也好有個標記啊！」

「對！給它們也取個名字！」眾智靈人都贊同。

羅蒂波度又興奮起來：

「遠看它像個橋，近看它像壘起的牆壁。我看，叫它『壁橋』或『壁壘』好不好？」

「叫『壁壘』！」

一個小智靈人說。

「叫『壁橋』！」

另一個小智靈人反駁說。

雅梅莉安·邁蒂望著遠處的一個地方，笑了笑說：「我們權且稱它為『壁橋』吧！對啦，快看！地球星上的人類在二十一世紀發現它時，已經給它命名為『壁壘』了！」

不可思議！真是不可思議！雅梅莉安·邁蒂在那麼久遠的時空中，就已經知道二十一世紀的事情了！

看到這裡，我在心中對老師說：

「也許，雅梅莉安·邁蒂當時在『多維時空』中，肯定是早已經看到我們二十一世紀的那個『時空點』了，她也肯定是看到我們發現了這個星團，並將其命名為『壁壘』了。但她此時此刻，是在過去的一個「時空點」上的呀！」

老師贊許地說道：「不錯！」

我看到大家離開「壁橋」星團，打算繼續尋找布拉克．奈森時，海智靈人忽然發現了什麼似的，急忙呼喚眾智靈人：「你們快來看，這橋上有水珠！」

眾智靈人在第六度數空間裏從未見過有形的水，見到的都是虛幻的。

大家聽到海智靈人的呼喚，紛紛重聚到「壁橋」跟前，循著她手指的方向，仔細地端詳起來。

羅蒂波度看到水珠，非常興奮：「看起來，布拉克．奈森是從這座橋上走過的。因為到了這裡，他所到之處，皆有成形的水出現。」

花靈子高興地說：「我們順著有水的地方找，一定能找得到布拉克．奈森。」

「不錯，我們趕快去找他吧！」山靈人在前邊催促著大家。

眾智靈人離開了巨大的「壁橋」星系，又開始在七時空中，繼續尋找布拉克．奈森的蹤跡。

我將眼睛睜開，老師讓我將自己「看到」的內容描繪出來就行了。

這一次主要是看到了來自第六空間的眾智靈人降落到了我們這個七時空層，在此過程中見到了「壁壘」星團。我只是奇怪雅梅莉安．邁蒂是怎樣知道我們現在的命名的。

二〇〇七年十二月十一日　晚上十一點五十五

今天老師來得真晚，我都睡著了，被老師喚醒了，我揉著眼睛，望著老師，問：「剛過了幾天就又記錄？」

老師告訴我說：「我給你講月亮船的故事。」

記得我們人類不斷地造訪月球，今天聽老師說來給我講月球的故事，我一下子來了精神，拿起筆準備記錄。

老師緩緩講道，這要從上一個宇宙時期說起……

在宇宙三宙歲時，為了外飄的眾智靈子順利回歸，第一度數空間六個角宇區的A級空極能量團，共同幻造出一隻半隱半現的大「月亮船」。智靈總庫將這只月船，順著黑色時空隧道，徑直發往了第七時空層（當時叫「赤幻天」），並停留在那裡，等待了約一百八十億年之久。

當智靈總庫發出第三次「回歸指令」時，宇宙中心「零空間」便開始收縮，他的眾子孫後代智靈們接收到回歸指令後，便紛紛登上了「月亮船」，沿著連接七大時空層的白色時空隧道，返回了第一度數空間層。後來，又回歸到「零空間」的智靈中心，進行宇宙間所有「資訊智靈子體」的大融合與淨化。

但是，那些還沒有來得及登上「月亮船」，而掉入「黑洞」並被甩落到鏡面層的「智靈粒子體」，則落入無止境的黑暗之中，被那裡的負能量場所吸融，難以順利地返回家園了。

當時，回歸的「月亮船」，就放在第四角宇區的智靈中心，作為第三次回歸的檔案資料保存起來。

後來，當宇宙開始進行第四次能量釋放時，兩個正負宇宙又開始了新的膨脹與擠壓。

每次回歸，宇宙智靈總庫核母決策人都以他那強大的高宇能，將所有回歸的智靈子們，和宇宙間八大時空層中的一切，同自己融為一體，成為一個大大的「正負宇宙巨能高密度智靈子體」光團，大宇宙重新又歸於「零」的一個點，在這個點內，不斷醞釀著新的正負暗虛能量的對撞，所有回歸的智靈子又重新歸融於「智靈總庫」高能量、高密度大光團。

當宇宙第四次開始重複「能量釋放——膨脹——靜止——收縮」時，智靈總庫又重新劃分了六個大角宇區，仍然讓被他分離出來的六個高能量團，分別去統領這些角宇區。

按照宇宙三宙歲時原有的資訊記憶，宇宙智靈總庫仍然新造了一隻「月亮船」，等待著下一次的智靈集體大回歸。

我特別想看看那個「月亮船」什麼樣子，可能老師已經感知到我思維中的震動波，馬上打斷，繼續給我講下去。

當時，智靈總庫總指揮從智靈總庫的總衛隊長——卡爾．金菲利那裡瞭解到，在地宇第七時空層（赤幻天）的三級能量場空間中，有很多「黑洞」，即使宇宙重新開始第四宙歲，在那個時空層中，還仍然有許多看不見的「暗物質」和「黑洞」存在。將來，萬一再有後代智靈子們卷落到那裡時，也難免會陷入其中，被甩到宇邊之境，難以順利返回家園了。那些被甩落在宇邊之境的「智靈粒子」，將會成為智靈總庫核母決策人心中永遠的「遺憾」！

為了防備將來再有後代子孫們的「智靈體」，落入「宇邊之境」，智靈總庫核母總指揮決定將三宙時總衛隊長——卡爾．金菲力的智靈體，重新分離出來，讓他率領著百萬高能「智靈粒子」，隨著宇宙的膨脹，仍然開赴到第六角宇區的第七時空，駐守在三級能量場的四維空間內，時時刻刻巡視著智靈總庫核母總指揮重新在那裡設置的第二道「生命天河屏障」之門。將來，一旦有後代子孫跌落到那裡去，也好為他們指路引航。

就這樣，三宙歲的卡爾．金菲力，將永遠成為這個時空的巡天鐵騎。

當時，赤碟特使（也是一位高能量智靈子）正站在智靈總庫總指揮的面前，等待著他發出召喚資訊波，將銀碟特使（同樣也是一位高能智靈子）招來接受派遣。

銀碟特使應召而至。

銀碟特使見過了總庫總指揮，又同赤碟特使打了招呼。銀碟特使問總指揮：

「您急召我們兄弟兩智靈，有何急事要辦？」

智靈總指揮回答他說：「兩位特使，因為我們的後代智靈粒子——小布拉克·奈森，私自下到地宇七時空層去創業，那裡極其危險。我打算派你兄弟二智靈為本次宇宙特使，去替我辦兩件事。」

「哪兩件事？」

二智靈還沒等智靈總指揮說完，就異口同聲地齊聲問道。

總指揮告訴他們：「別急，這兩件事，你們要分別去辦。辦好之後不要久留，我自會打開白色時空隧道，及時吸回你們。」

第三度數空間層的兩位宇宙特使——赤碟特使和銀碟特使，滿懷欣喜地聽著核母總指揮給他們下達的指令：「赤特使此去的任務是找到布拉克·奈森，帶他越過『生命天河屏障』。之後，再將他引至太陽系的『警戒星球』上，等待銀特使完成任務後，便即刻返回；銀特使此行的任務只有一個，將『月亮船』帶至『警戒星球』上空約三十八萬四千四百公里處，調試好對它的引力。然後，再對準十二位『月亮船』調試官的頻率。你完成這項任務之後，即可同赤特使一塊返回了。」

兩位宇宙特使聽後，想留在警戒星球上，同大家一起創業，但智靈總庫總指揮沒有答應他們，他說：「你們不能留下！因為你們每飛落一時空層，宇宙能量就會損失三級，尤其是穿越那兩道『生命天河屏障』時，消耗的生命宇能就更多了。還有，在低時空層裡生活的時間越久，生命能量損失的就越大，而且，返回時需要的能量，也就越多。第三度數空間層少了你們兩位C級陰極能量團，就會失去平衡了。」

銀碟特使表示聽明白了，之後一起去取「月亮船」。

智靈總庫總指揮，將兩位特使取來的「月亮船」接過來，仔細地端詳了一番，用具有強大宇宙能量的暗物質，將船兒揉成了圓圓的形狀，又將它的背面掏空，設置了許多人類看不見的具有接收高、低頻宇宙射線與光波、聲波振動頻率的隱形功能儀器進去。

之後，又用有強大隔離功能的「宇空磁離子」膜，覆在「月亮船」的背部表面。

兩位宇宙總庫特使，好奇地看著總庫總指揮對「月亮船」所做的一切改進，不由感到奇怪，就向總指揮詢問說：「您把月船這麼一改，豈不成了球形？把它放在『警戒星球』上空，到底有何用處呢？」

總庫總指揮告訴他們說：「它上面有強大的定位系統，它能保證那些將來生活在『警戒星球』上的後代兒孫們的安全，能牽引著他們所在的星球，不脫離自己的運行軌道，能讓我們很容易地找到他們的星球。船兒經這麼一改動，它還能隨時監測與調節『警戒星球』上的自然環境，使那些有載體之後的孩子們，能夠很好地生存下來。」

那兩位宇宙特使聽完之後，還是有些不明白，他們又問總庫總指揮說：「我們不明白，找到布拉克．奈森之後，不就都可以回來了嘛，為什麼還要讓他們在那裡生活下去呢？」

對於他們的這個問題，當時總指揮猶豫了一下，並沒有回答。

老師問我：「靈兒，你知道總庫總指揮為什麼沒有回答他們嗎？」我搖了搖頭。

老師繼續給我講……

原來，智靈總庫總指揮已經探知了在布拉克．奈森之前，還有一個高能智靈子早已衝破了兩道生命天河的屏障，在警戒星球上落戶並生存下來。這是宇宙運行軌跡同他們的生命運行軌跡產生了一個交匯點所至，不是一般能力所能改變的。總決策人不想逆轉時空、違背宇宙規則行事，主觀改變宇宙中各種智靈子命運的運行軌跡。就在這時，銀碟特使的一句問話，打斷了智靈總庫總指揮的遐思。他問道：「如果那船兒沒有人管它，它會自己調節、測試工作嗎？」

智靈總指揮笑著告訴他說有人管。

我說：「我知道，肯定是那十二位月球調試者！」

老師點點頭，繼續講下去……

原來她們十二位調試官都是女月球長官，每個人工作一個月，這是按照我們這個時空層的時間概念而言；她們十二個人的工作時間加在一起，正好是一年的時間。

赤碟特使與銀碟特使聽了智靈總庫總指揮官的這一番話，似有所悟地點著頭。當時，銀碟特使覺得「月亮船」那麼大，無法帶往警戒星球。總庫總指揮笑了笑告訴他說：「它拿在你手裡，就會小如彈丸；在七時空層，離開你的手掌時，便會膨脹成直徑為三千四百七十六公里的大月球了。」

智靈總指揮感覺到布拉克·奈森已經離開了第六度數空間層。於是，他用宇宙暗能量波，將通往七時空的黑色時空隧道門打開，送兩位宇宙使者去七時空層。二位宇宙特使不約而同地聽到了一聲驚天爆響，不由得向後退了一步，感覺隧道內很可怕。

智靈總指揮體察到他們的恐懼，急忙安慰他們道：「不用怕，孩子們，這是我將內、外宇宙之間的隔離網和兩道『生命天河屏障』打開了。這樣，你們就不用分段走了，沿著此通道，僅一眨眼的工夫，就會出現在布拉克·奈森的面前了。」

接著，他又將尋找「警戒星球」的途徑，詳詳細細地告訴了二位總庫的特使。

最後，智靈總指揮還特別著重囑咐他們道：「你們到了七時空之後，在三級能量場四維空間，會遇到我派去守候『生命天河屏障』的兩個有著相同生命密碼的『哨兵隊長』——卡爾·金菲力。他們在銀河王國的南北邊緣，各派去六百萬『銀河鐵騎衛兵』共同管轄著銀河王國。」

我插話問道：「老師，侍衛隊長金菲力為何沒有回歸？他們整個卡爾家族也沒有回歸嗎？」

老師告訴我：「因為，七時空中『天河屏障』所在的三級能量場四維空間，是他們卡爾家族上次征服、開發的領域。發現那裡有很多黑洞，他們為了給你們將來引路，不願放棄這片領域，後來就被智靈總庫派到那裡，繼續守護這個空間和第二道『生命天河屏障』。同時派衛兵監管著無數的星系與星座。」

「那雅梅莉安．邁蒂和布拉克．奈森他們下去，二位金菲力隊長，是否可以幫助他們呢？」我又問道。

「他們不會輕易離開天河屏障的邊界，但接到七時空智靈中心的命令之後，會派卡爾家族衛隊下去，幫助雅梅莉安．邁蒂他們的。」

「銀河系王國的國王，又是哪一位呢？」我很好奇。

「沒有國王，只有雅梅莉安．邁蒂和人類最初的始祖二位智靈（實際上，一個是智靈子，一個是其載體），來主持處理七時空層的一切事務，包括銀河系。由於布拉克．奈森的私自下界，使得雅梅莉安．邁蒂不得不帶領著眾智靈人到七時空層去尋找他，同時，也不得不在那裡創業並生存下去了。實際上，雅梅莉安．邁蒂便是七時空層智靈中心的總指揮和總決策人。這是諸時空當中，最難統領的時空層了。因為，在此空間，將會混雜進各種低頻率的負能量『丸態思維因數』，它們會循著相同的低頻率與之共振，去侵害你們這些『有形生命靈體』的神經系統，進而侵害你們的物質載體，減損你們的生命能量。」老師耐心地給我解釋著。

我問道：「老師，您能幫助他們回歸嗎？」

老師說：「不能，因為靈與肉分離靠自己，我們只能到時打開通往『零空間』的捷徑——白色時空隧道，回不回家，只能靠他們自己了。」

「您的意思是，到了回歸時，也會有很多智靈粒子回不來？」

「是啊！這些有了載體的人類，放不下有形的一切，在他們的潛意識中，還會時時貪戀有形的各種物質享受。一念之差，便會失去回歸的機會！他們只有不斷地提升自己的宇宙能量，才能在回歸時，順利地突破『生命天河屏障』的阻礙；他們也只有不斷地調整自己的『思維資訊波頻率』，並淨化它，才有可能知道『白色時空隧道』開啟的時間和地點。」老師說。

我說：「你們將『白色時空隧道』永遠打開著，我們不就可以隨時回歸了嗎？」

老師說：「由智靈總庫所管轄的大宇宙，是有其自身運轉規律的。要知道，宇宙律條不能逆，總庫的法規不能違，天時不能誤。即使『白色時空隧道』永遠打開著，如果『思維資訊波』不夠純淨、生命能量級別不夠高的話，也會受到干擾，是找不到『洞口』的。」

老師繼續講道，當兩位宇宙特使就要進入黑色時空隧道洞口時，智靈總庫總指揮的意識思維波又傳了過去，告訴他們：

「記住，布拉克．奈森所到之處，皆有水跡出現。到了『警戒星球』之後，勸他不要發怒、悲傷，否則，將會出現大水漫星之災！你們要切記！切記！」

當時，智靈總庫總指揮，望著就要到外宇宙七時空層的兩位擔當重任的特使，有些戀戀不捨，當他想到布拉克．奈森的危險處境時，便毫不猶豫地將他們帶到直通七時空的「黑色時空隧道」的洞口，眼看著兩個特使被吸入「黑洞」內，徑直到達七時空層了，才又將內宇各空間層旋轉，使隧道層層關閉、消失得無影無蹤……

老師講完後，我久久回不過神來。原來宇宙間會有那麼多的危險！還會有高智靈的巡天守衛——金菲力家族在保護著我們！

想也白想，我也到不了銀河邊上啊！別說銀河系了，就是重力極大的地球我們也不能輕易地離開呀！

還有，我們的月球，原來是智靈總指揮親手創造出來的呀！

這篇日記閱讀完之後，達蒙．卡萊爾陷入沉思：這篇日記中告訴我們月球一個新的起源，這種說法確是一種新的提法。記得以前我們曾經提出過四種假說，有「分裂說」、「俘獲說」、

「同源說」和「太空船說」。現在又多了一種「智靈人製造說」。

達蒙急於要看那兩位宇宙特使是如何將月球送到地球上的，又翻開了下一篇日記。

二〇〇七年十二月十七日　晚上十一點十五分

總庫特使老師今天又來給我上課了，他告訴我，這一次將帶著我看飄降的各位「智靈人」在第七時空層遊歷的情景。我好多天都沒有跟隨老師出遊了，心情特別高興。我在暗紅色的空間，看到了已經有了人類光影的眾智靈人。

眾智靈人離開了巨大的「壁橋」星系團，踏上了尋找布拉克·奈森的旅程。

又見布拉克·奈森一個人離開了第六度數空間層以後，經歷了「黑色時空隧道」內電離、磁暴的撕扯，當他終於臨近第二道「生命天河屏障」時，卻被眼前的景致嚇呆了！

只見一層層一道道密密麻麻的「磁粒子玄波網」橫在了眼前，裡面接連不斷地劃過「劈劈啪啪」的閃電弧光，接著，就傳來一陣陣「轟隆隆」的雷爆聲……

那刺目的弧光，震耳的雷聲，將布拉克·奈森擋在了「天河屏障」的邊上！（我的隱形「丸態因數」也不敢向前湊，只是跟隨老師遠遠地觀望著。）

真是天無絕人之路！

就在布拉克．奈森無計可施時，突然，一道光波從天而降！在光的照射之下，玄波網中間露出了一條長長的隧道，裡面雖然也有電閃雷鳴，但卻是有密有疏。布拉克．奈森朝著隧道望瞭望，便毫不猶豫地一頭紮進了洞裏。他邊躲避著雷電的密集處，邊小心地飄飛前進。最後，他終於成功地越過了那道可怕的「生命天河屏障」。

布拉克．奈森當時還不知道，他見到的光波，正是宇宙智靈總庫為雅梅莉安．邁蒂他們射出的「靈宇之光」！這道光，為他擋住了「天河屏障」裡的各種雷電爆。

我「看見」他飄飛到了七時空的二級生命能量場的七、八維空間，後來又經過了巨大的「壁橋」星系團。

當時，奈森看到自己所行之處，皆湧出了漂浮著的珍珠般晶瑩的水珠，不由得一陣狂喜。他終於知道了自己所統轄的「水」，是個什麼樣子了。

布拉克．奈森將幾滴水珠抓在自己的手掌心裡，舉到眼前，仔細地觀看起來。（布拉克．奈森竟然連最普通的水都沒見過！）

不大工夫，只見那幾滴水珠，漸漸地融在了一起，變成了一汪水，並從他的手指縫間，不斷地滴落下來。

我感覺到布拉克．奈森忽然很想嘗一嘗水的味道，見他將掌心中剩下的水捧到了嘴邊，伸出舌頭試著舔了一下。他有了一種奇怪的感覺，竟然嘗出了手心中的水的滋味，卻是甘甜無比！

布拉克．奈森慢慢地品味著水在口中的感覺，不由歎息道：「原來我所掌控的水，是這個樣子呀，它的滋味，是那樣的特別！這在第六度數空間層裡，是永遠也見不到、品嘗不到的。」

他高興極了，用力地揮了一下自己的胳膊，竟然又看到了臂膀的光影形狀。他禁不住又低頭看了一下自己，發現自己已經有了人類的朦朦朧朧的光體。（我也發現布拉克．奈森已經不再是光團了，模模糊糊地有了個人影形狀的光體，是個名副其實的「智靈人」了！）他剛才在黑色時空隧道中的孤獨與恐懼，此時，好像已經全都抛到九霄雲外去了。

布拉克．奈森趁興繼續向著七時空的五、六維空間飛落。最終，他飄落到一級生命能量場的四維空間。

遠遠地，布拉克·奈森被一大串密密麻麻、閃閃發光的珍珠般的巨石群，擋住了下降的雲路。

布拉克．奈森見這一大串巨石群太長、太大、太多了，自己無法繼續前進了，只好又飛升起來，從高空中，遠遠地俯視著眼下的一切。

正在布拉克．奈森一籌莫展之際，突然眼前一亮，有一紅一白兩個明亮的光團，穩穩地落在了他的面前。

再仔細一看原來是「第三度數空間」的兩位飛碟特使，飄落到布拉克．奈森面前！孤立無援的布拉克．奈森，此時高興得跳了起來，一陣急雨也隨之而紛紛飄起。

他一把拉住兩位宇宙特使，問道：

「二位特使先生，你們怎麼找到我的？我正感到害怕的時候，你們就出現在我的面前，太好了，太謝謝你們了！」

二位宇宙使者，將自己來到這裡的原因以及肩負的任務，詳細地告訴了布拉克．奈森。

布拉克．奈森高興地說：「二位特使向下看，這些巨石群擋住了我們的去路，這該怎麼辦？」

二位特使向下觀望了一陣，笑著對布拉克．奈森說：「水靈人，你看，我們都有了隱隱約約的人體形狀，成為了『智靈人』，說明我們已經來到了第七時空層的四維空間了。」

緊接著，他們指著一片片的巨石群，告訴布拉克．奈森：「水靈人，這些巨石群珍珠串，是由幾個大的『超星系團』組成的。」

布拉克．奈森聽著兩位特使向他介紹著眼前的一切，感到既興奮、又好奇。

正當他們三個「智靈人」，尋找著繼續飄落之路的時候，突然看到遠處，有十幾個橙色的光團，向自己迅速地飄飛過來了。（我也發現了！但好像比在隧道中的光團少了很多。）

待眾光團飄近了一看：原來是雅梅莉安．邁蒂、羅蒂波度和海智靈人及幾個花靈人來到了面前。

布拉克·奈森一見到眾智靈親人，不由得心頭一熱，「哇」的一聲大哭了起來。

隨著他的哭聲，頃刻之間，大雨如注。

這可急壞了二位宇宙使者：「水靈人，別！別！快別哭！你這一哭，就會大水不止！」

大家也勸慰著布拉克·奈森：「布拉克·奈森，我們都是來找你的，快別哭了，找到了你，大家在一起，也就放心了。你看，你這一哭，大雨滂沱，你別給我們的路途上設置水障礙呀！」

布拉克·奈森看著傾盆大雨，終於止住了哭聲。

說也怪，大雨竟然也隨著他哭聲的中斷迅速止住了。（我也感到不可思議！）

智靈人們見雨停住了，不禁歡呼了起來。

大家馬上又集合在一起，邊向下飄落，邊聽著兩位飛碟特使，為他們講解著眾繁星的來歷。（我也飄在一旁聆聽飛碟使者的講解，跟隨著大家來到了三、四維空間的交界處，我總有一種被什麼力量拉拽的不適感覺呀！可能來到彈力空間膜了。）

原來，這個時空層中眾多五彩繽紛、漂浮著的繁星，皆是智靈總庫在「零空間」裡的傑作。

他發射出高能量的七彩霞光團——「宇能光子束」，徑直穿透了各層空間的能量場，在到達七時空之後，又將「宇能光子束」聚散了幾次，才迸裂而成的。

然後，智靈總庫又將其中七顆閃耀著藍綠色光芒的星塊，經互相碰撞、摩擦、爆炸了三次之後，融成了圓圓的「警戒星球」，並圍繞著太陽星球不停地轉動。

這些燦爛的繁星，因其吸收宇宙高能量的多少不一，放射與反射出的光能也不一樣，致使發出的星光，也有強有弱。

赤碟特使飛在前邊，指著不遠處的一大群巨星石，對眾智靈人說道：「孩子們，你們看，我們現在面對的是『武仙座超星系團』。」

話音剛落，他又像突然想起了什麼似的，扭頭對身旁的羅蒂波度說道：「羅蒂波度，下邊我和銀碟特使一起，將你們所要經過的幾『大星系團』一一指給你看，智靈總庫總指揮讓你來為它們命名。」

說完，看著羅蒂波度，等待著他的答話。

羅蒂波度一聽是智靈總指揮的信息，心想壞了！自己的行蹤總庫已經知道了。急忙答應下來，跟在二位特使身後，絞盡腦汁地為下邊的『星系團』命名。

經過「武仙座超星系團」，眾神又來到一處大超星系團跟前，羅蒂波度用思維資訊波，向雅梅莉安．邁蒂詢問此星團的名字。

不大工夫，雅梅莉安．邁蒂的思維資訊波傳來：「此星系團，你給它命名為『雙魚——英仙座超星系團』好了。」

羅蒂波度於是高興地為此超星系團報上了新名：「雙魚——英仙座超星系團！」

智靈人們又繼續降落。

赤磔特使指著前邊的一大團星雲說道：「『警戒星球』，就在那個大超星系團中。」

眾人一聽，加快了飄飛的速度。

羅蒂波度指著那個大星團，又問雅梅莉安．邁蒂：「前邊的那個大星團，我們該稱它什麼呢？」

雅梅莉安．邁蒂回道：「特使剛才不是說了嘛，我們要找的星球就在那裡邊，這是我們的立足之本，就稱它為『本超星系團』吧！」

羅蒂波度高興地表示贊同：「對，那團星雲，是我們的立足之本。」

羅蒂波度與雅梅莉安．邁蒂，又為「本超星系團」命好了名字。

智靈人們飛到「本超星系團」的中心，紛紛歇息起來。（我想了想，也跟在雅梅莉安．邁蒂他們後邊一起休息。）

雅梅莉安．邁蒂環視了一下眾人，笑笑說：「我們也給這個中心命個名字，好不好？」

眾人一致贊同。

雅梅莉安．邁蒂低頭思索了一下，說：「以後我們雲遊星際時，累了就到這裡來休息。我提議，我們就將這裡稱為『神女座星系團』，好不好？」

「好！」

眾智靈人都表示支持雅梅莉安．邁蒂，為他們休息的地方起的這個好名字。

這時，羅蒂波度他們回來了，眾花靈人圍上前去，七嘴八舌地告訴他們：我們的座位是「神女座」。

宇宙特使一聽，也笑笑說：「好！好！我們也在星際中，尋找一個落腳休息的地方去！」說完，便帶領著羅蒂波度等人又朝前飛去。他們又發現了一個大漩渦星系群。星系群的附近，有七顆巨大、明亮的星石，排成了一個勺形，二位使者對眾人說：

「這是智靈總庫命名的北斗七星石，他們是『警戒星球』的指路標誌。所以，特意將他們排成了一個勺形，可以讓人類仰望星空時，一目了然。」（我以前還奇怪呢，北斗星為什麼會如此排列？原來又是精心的安排！）

眾人又向這個大漩渦星系群的對面望去，看見了一個大星系群，羅蒂波度一看，就高興地稱其為「玉夫座星系群」。

他對眾人自豪地說：「這裡，是我們休息的地方，你們也來坐坐吧。」

雅梅莉安·邁蒂看了看說：「這裡雖然比我們的星座小，卻也玲瓏剔透，有著玉石般的光彩，不錯！不錯！」

羅蒂波度受到雅梅莉安·邁蒂的稱讚，不禁洋洋得意起來。

赤碟特使指著與其並列的星群，告訴羅蒂波度說：

「羅蒂波度，我們在這裡休息之後，將到那個星群中，去尋找銀河系。」

只見羅蒂波度，舉目望瞭望前面的星群，回頭對雅梅莉安·邁蒂說道：「我們將前邊那處星群，稱為『本星系群』好不好？那個星群，也是我們的立足之本啊！」

雅梅莉安·邁蒂聽了，點點頭說：「好是好，不過，以後再命名時，我們也換換內容，找一些好記又形象的。」

「對。」羅蒂波度忙不迭地緊跟著答應。

我能看得出來，在這個羅蒂波度的心目中，雅梅莉安·邁蒂這個智靈妹妹——七時空層智靈中心的總指揮、總決策人，簡直成了他這個六時空層總指揮的上司和主心骨。他欽仰這個具有十二級宇宙能量的七時空層的統帥。

通過來自上層空間的智靈人給各個星團的命名過程中看得出：原來，在人類的「潛意識」當中，仍然還存留著多少億年前的智靈記憶！不然的話，為什麼後世的人們，在為他們所發現的眾星群命名時，竟然都會與智靈人當初的命名不謀而合呢？這豈不就是人們常說的「心有靈犀」和「心領神會」嗎？

兩位飛碟特使在前面一邊引著路，一邊指點著他們經過的那幾個重要的星系群，羅蒂波度和雅梅莉安．邁蒂，則跟在他們的後邊，為星系群繼續命名。

布拉克．奈森等眾智靈人，則默默地記著自己所飛過的各星系團和星系群的名字。

我跟在他們後邊算是開了眼界了，竟然能夠隨著人類的始祖，一起雲遊天際。我們在地球上用盡了一切尖端高科技的航天器與望遠鏡，一代又一代地前僕後繼，才觀測到那些個星系團。而眼前，我竟能夠親身經歷這一切，雖然只是一個「丸態思維因數」，沒有了原來的物質形體，但意識還在，我由衷地感謝我的總庫老師：讓我不虛此行！

我繼續跟著他們前行。（有點像飛碟艦隊入侵！）

羅蒂波度扭頭問二位宇宙特使：「我們離他們人類的星球，還有多遠呀？」

二位特使笑笑說：「還有很遠呢！要知道這個『本星系群』，大約有三十多個星系呢！要想從中找到『警戒星球』談何容易！」

他告訴大家，「本星系群」中，有兩個最大的星系，一會兒就到那裡去。

大家先來到了一個大大的眾星雲集的星團前。在星團中，有很多漂浮的小星群，眾星組成了一個個座椅形狀，四周有很多珍珠般的小星星圍繞著，好似鑲嵌著串串花邊。

十二個花靈人高興地飛過去，落在一個個大「座椅」上，飄來飄去。她們對著羅蒂波度，用懇求的口吻說道：

「這裡的座椅真漂亮，我們也想要個歇息的地方，就把這一處星團給我們吧！將來，我們的姐妹們到這裡時，也好到這裡來休息一下呀！羅蒂波度哥哥，行不行？」

羅蒂波度用眼睛盯著雅梅莉安·邁蒂說：「就給她們吧，叫『仙女座』吧。」

眾智靈人笑著、聊著，又向前飛去。

他們遠遠地望見一條長長的光帶，瞬間便穿行在光帶中繼續飄飛著。

羅蒂波度忍不住問赤碟特使：「特使先生，這條光帶有多長？怎麼這裡的星雲這麼密、這麼多啊？」

「老師，這恐怕就是我們所說的『銀河系』了吧！」我小聲問我的老師，老師點點頭。

「不錯！」赤碟特使聽到我心中的問話回答道，「我和銀碟特使下來時，總庫總指揮已經告訴我們了，說『大家將會落到一條銀白色的光帶中，它長長的，就像一條河一樣』，估計指的就是這裡了。」

羅蒂波度不等赤碟特使說完，就搶過話茬說：「那我們就按照後世人類的稱呼，將這條光帶子叫『銀河系』。」

說完，又用眼睛掃了一下雅梅莉安．邁蒂，見雅梅莉安．邁蒂正微笑著向他點著頭。

赤碟特使接著說：「好，就稱其為『銀河系』吧。」

他繼續為大家介紹著：「總庫總指揮說過，從這條河的上邊，向下俯視時，它卻又不是河了，而好像是一架大風車。因為，它有幾條長長的大飄帶，並且都圍繞著中心，沿著順時針的方向，不斷地旋轉。這個『銀河系』的直徑，有大約十三萬光年。它的國土遼闊，周圍大約有十多個比它小一些的星系呢。」

眾人聽到「銀河系」像架大「風車」時，就急忙催著二位特使道：

「特使先生，您快帶著我們到上邊，去看風車去呀！」

花靈人們也禁不住好奇心的吸引，也催著說：「我們也要看大風車！」

這時，兩位特使馬上飄飛起來，升到銀河上空，帶著眾智靈人們，向下俯視著……

終於，大家看到了那架沿著順時針方向，正在快速旋轉著的「大風車」了。

我也興奮不已，有生以來，第一次看到那迷人的壯麗美景……

是呀！地球人類運用高度發展的科技手段，才在太空中建立起了空間站。然而，在浩瀚的太空裏，人類最遠的足跡，也僅僅是留在了離我們最近的月球上！

沒想到我這個地球人，竟然能夠看到銀河系的全貌，而且是親臨銀河上空、近距離地觀看她那個不斷旋轉著的「大風車」。這恐怕要感謝智靈總庫的恩惠，偏偏選中了我來做這個「宇宙資訊的記錄員」！否則，我根本沒有機會看到這一切！在她那神秘的、迷人的美景面前，我不時地發出由衷的感歎！

我也感謝雅梅莉安·邁蒂，將自己帶到久遠的過去那一個「時空點」上，在我的心靈上，打上了最最美好的印記！

這真是一次難忘的最美好的「太空旅行」了！我跟隨老師回到家中，發現樓外停著一輛醫院的救護車！進到臥室，我看到有很多人圍著我轉來轉去。啊！原來是醫院的大夫在對我進行人工呼吸！當我睜開眼睛望著人們時，那位大夫驚叫起來：「她恢復知覺了！」

原來，這次天際之旅，竟然過去了五天之久！老師竟然忘記提醒我返回的時間了。好險！差一點兒我就回不來了！幸虧我的「巨能密度膠子」沒有跟著「丸態思維因數」一起出來。

達蒙博士看到最後這段記錄，直驚呼道：「這是一個典型的『瀕死體驗』啊！但像日記作者這種完美的『瀕死體驗』還是不多見的。」

達蒙很期待著記錄員的下一次太空之旅。

下一篇日記打開了。

二〇〇七年十二月二十三日　晚上十一點四十五分

……看外邊，黑暗怎樣焊住靈魂的銀河。
快乘上你的火焰馬車離開這國度……
——特朗斯特羅默，李笠譯（選自《特朗斯特羅姆詩歌全集》）

今天老師來到面前，我首先感謝老師上次帶我出遊讓我有了諸多的親身體驗，久久不能忘記，真是一次最美好的太空旅行！不知道今天老師是否還會帶著我去「神遊」。

老師讓我坐好，（我知道老師又要帶我出遊！我早已經習慣了。如果老師讓我將筆和紙準備好，就一定是給我講課，記錄。）瞬間將我的「丸態思維因數」帶到了銀河系上空。

我與眾位智靈人，終於飛到了「銀河系」的上空，果然看到了赤碟特使講的「大風車」：「風車」裡有三條主要的電離子氣體臂，其中有一條就像一根長長的壘球棒斜插在銀河中央，它飛速地旋轉著，攪動得周圍無數條大大小小的氣臂，隨著它圍繞在中心一個黑色大漩渦的外邊，沿著順時針的方向旋轉著，確實像個「大風車」一樣。

這奇異的景象，令羅蒂波度感到奇怪，這三條「氣臂」，為何會圍繞著一個無底的旋轉著的黑洞轉個不停呢？

於是，他倚仗自己是上層空間的總指揮官，有著巨大的宇宙生命能量，便帶領著跟隨他下來的四位女性智靈人，來到銀河系中心的黑色漩渦旁。

「別靠近那裡，快回來！」

此時，一旁急壞了二位特使，只見他們雙手發出兩股具有強大吸力的龍捲風向他們掃去，並用力地呼喊著。

但已經晚了！

赤碟特使的雙手上，卷著羅蒂波度和一個女智靈人；銀碟特使特使的雙手上，則卷回了另外兩個智靈人。另一個名叫「萊多芙」的女智靈人，則被那個大大的黑色漩渦，猛地吸捲入內，轉眼便不見了。（我看得膽戰心驚，沒有老師在旁邊，我肯定也會上前湊熱鬧。）

「萊多芙！」

羅蒂波度在赤碟特使的手中，不斷地掙扎著，向著那個黑洞洞的大漩渦呼叫著……

然而，一點聲息也沒有。

赤碟特使將羅蒂波度和女智靈人輕輕放下，告訴他們那個黑色漩渦的可怕之處。

原來，銀河中心的黑色漩渦，並非像「第六度數空間層」中的星雲一樣輕柔，那是一個大大的「黑色時空隧道」，一個名副其實的「黑洞」，它深不見底，一直通到「第八度數空間層」的負維空間。旁邊還有一條通道，直通到大西洋底。（後來，布拉克．奈森將這裡的「黑洞眼」封死，再也不會有人被吸入下一個時空層了，還在這裡建造了一個海底城堡，提供給「海靈人」和「亞特蘭蒂斯人」在此居住。）

就是這個「黑洞」，在智靈總庫總指揮第三次「回歸資訊」發佈之前，他那些已經飄飛到七層空間的眾智靈人們，曾經有一隊「宇宙騎兵」，就被它吸捲進去，至今還未能全部回歸。

從此，智靈總庫總指揮就把這個原本稱為「黑玄洞」的大漩渦，改稱之為「陷人馬星座」了。雖然，它也稱之為「座」，但誰也沒有膽量坐上去！

我在一旁聽完赤碟特使的一番話，不禁倒吸了一口氣！這次，二位使者下七時空層引路，智靈總庫總指揮就曾經一再囑咐過他們一旦再遇到這個「黑玄洞」（陷人馬星座）時，一定要繞過它去。否則，凡是生命靈體，無論是有形還是無形，一旦被其吸入，則必然落入「第八度數空間層」的負能量場裏。

羅蒂波度一聽，急得雙目垂淚，他感到對不起陪侍自己赴七時空的萊多芙智靈人！他暗暗地下定決心：將來，一定要到「第八度數空間層」走一遭，一定要將她搭救回來！

與此同時，我聽到還有一位智靈人，也下了同樣的決心。她就是此次赴七時空的統帥——雅梅莉安．邁蒂。

雅梅莉安．邁蒂有著十二級的宇宙高能量，她能夠變幻於有形與無形之間，能出入於亦虛亦實之境。特別讓她感到責任重大的原因是：自己是執行這次任務的統帥！「保護好眾智靈人，不能丟掉一個同伴！」這也是她的責任。但是，在還未到達「警戒星球」之前，她還是不能離開眾智靈人的。

羅蒂波度對著銀河中心的大「黑洞」，不禁落下悲傷的淚水。

雅梅莉安．邁蒂飄上前去，不住地勸慰著羅蒂波度：「羅蒂波度不必著急落淚，我定會幫你尋回萊多芙妹妹的。」

羅蒂波度向她投去了感激的目光。

這時，赤碟特使正在告誡著眾智靈人：「今後，你們千萬不要亂跑，聽總庫總指揮說，在這個銀河系中，有大約一億個『黑洞』，稍有不慎，便會跌落到『第八度數空間層』的負能量場裡去！」

聽到這裡，活潑的小花靈人，再也不敢到處亂飄、亂飛了。

雅梅莉安．邁蒂看到羅蒂波度，總也打不起精神來，便想了個辦法（我馬上感知到了雅梅莉安．邁蒂總指揮的心意），她來到眾花靈人面前，對最小、而又最聰明、伶俐的花靈人「臘梅」說道：

「臘梅，羅蒂波度的四個侍衛少了一位，他總忍不住傷心落淚。你能不能先頂替萊多芙妹妹一段時間，等我將她救回來，你再回來好不好？」

這十二位專管梅花的花靈人，其雲影影像個子不高，眼睛忽閃忽閃地，頭盔上別著一個與花名相同的花標。原在第六度數空間層智靈中心的「花海大院」當差，她們負責掌管著花園中梅花的開放，臘梅，則在臘月，即「亥時」當值。因為她的小智靈體非常俊美，所以很受中心的副總指揮安卡．特拉姆的寵愛。命其為十二梅之首，後又被安卡．特拉姆任命為「臘梅總領」，統領著所有的花靈人。

在「第六度數空間層」的花園裡，無論什麼花，都有十二位花靈人掌管。在那裡，是沒有春、夏、秋、冬之分的，只有十二個時辰。而在「七時空」，則分了十二個月。所以，在第六度數空間層裡的百花，永遠是開放著的，永不凋謝。

花靈人——臘梅，聽雅梅莉安．邁蒂這樣一說，巴不得馬上就到羅蒂波度身邊。於是，忙不迭地點頭應道：「我能，能，永遠替萊多芙姐姐都行！」

此時，她的小腦子裡不會想到別的，只想到了「玩」。因為羅蒂波度也很貪玩，給他當侍衛，豈不玩得更方便些了嘛！

小臘梅，是一個快樂的小天使，她來到羅蒂波度面前時，看到羅蒂波度正在落淚，就問道：「羅蒂波度哥哥，您眼中怎麼流出水來了呢？」說完，便用手去為他揩淚水。

此時，羅蒂波度正在思念萊多芙侍衛，沒有聽到小臘梅的問話。但他卻忽然嗅到一股梅花的奇香，撲鼻而來，不由抬起頭來，

看到花靈人臘梅正好奇地盯著自己的眼睛，並且目不轉睛地看著。

羅蒂波度被小臘梅那種大驚小怪的神情逗樂了：「你真可愛，連眼淚也沒見過？」

「噢！這叫眼淚。」小臘梅聽懂了似地點點頭，為羅蒂波度抹了抹眼睛說：「您眼中流出的水，同布拉克‧奈森哥哥的一樣嗎？為何沒有他的多呢？」

羅蒂波度看著小臘梅認真的樣子，又忍不住笑起來：「我的淚水，如果像布拉克‧奈森的一樣多，七時空層豈不是成了水天了？我們還不都得泡在水裏了。」

小臘梅將手指上的淚水，放到鼻子下邊聞了聞，又搖了搖頭：

「沒味。」

說完，又用舌尖舔了舔，驚叫起來：「好怪的感覺啊！」

智靈人們都爭著去抹羅蒂波度的淚水，紛紛品嘗著、感歎著。（我當時看到智靈人們那種大驚小怪的神情，不由得笑了起來。畢竟我們與智靈人是有區別的。）

這時，羅蒂波度倒不好意思起來。堂堂一個高時空的總指揮，卻在眾人面前流淚！從此，無論多麼艱難的處境，羅蒂波度再也未流過一滴淚水。

雅梅莉安．邁蒂在一邊默默地點點頭，暗想：臘梅這個小精靈，天真爛漫、活潑可愛，把個剛剛還悲情難解的羅蒂波度，轉眼之間便給調理好了。

雅梅莉安．邁蒂對著小臘梅，不知為什麼，越看越覺得奇怪，（我也感應到，在這個小臘梅智靈人的身上，有一種阻擋不住的巨大能量在湧動。）雅梅莉安．邁蒂暗想：莫非，她是我的哪一個智靈子姐妹隱形變化而來？

我看到雅梅莉安．邁蒂的雙目中倏地放射出一道幽幽的紫光，她想看一看小臘梅智靈人的原始智靈到底是誰。（我感覺自己的思維波頻率突然同邁蒂的思維波產生了共振！我感知到她的思維內容。）

「真是怪事！為什麼她的靈體有一層光團籠罩，總讓人看不清楚？」在具有十二級宇宙能量的雅梅莉安．邁蒂面前，還從未有過一個原始智靈子，能夠逃過她的紫光照射而遁形。今天到底是怎麼了？雅梅莉安．邁蒂百思不得其解。就在這時，一個熟悉的意識波流，從遙遠的天際傳來（我也很熟悉這個聲音，是智靈總庫總指揮！）：

「雅梅莉安·邁蒂，讓我來解除你的困惑吧！」

我們都從智靈總庫總指揮那裡瞭解到，原來，小臘梅竟然是雅梅莉安·邁蒂的（非同胞）妹妹——第五度數空間「靈微子團」內的「二號智靈暗粒子」——名為埃爾斯蒂娜的智靈子變化而來。（在宇宙各層智靈中心裡的智靈粒子，他們的生命密碼與巨密膠子命名好複雜！好難記啊！）

我想起來了，埃爾斯蒂娜身上的光團，乃是智靈總庫總指揮特意為她加上的。難怪就連七時空層總指揮——雅梅莉安·邁蒂也不能夠看透！

智靈總指揮還告訴雅梅莉安·邁蒂：「因為命運軌跡所至，小臘梅到這裡就是一個智靈人了，她有著特殊的使命，在將來，她會代替你的同胞妹妹，在七時空和人類世界，協助你去完成各種任務。她身上的光團，暫時還不會自動解除！」

聽到這裡，雅梅莉安·邁蒂的心顫抖了，她明白：智靈總庫總指揮，是借此機會將妹妹的天靈子永遠留在她的身邊，以解思念之情啊！

想到這裡，雅梅莉安·邁蒂在智靈總庫總指揮的幫助下，暗暗地調動了高宇能，在不知不覺中，將小臘梅塑成了與妹妹邁蒂·雅梅莉安一模一樣的外表形體，為以後她在協助自己完成任務時，打下最好的形體基礎。

這些內容是非常機密的天機啊！我們人類可能都同樣有一個最原始密碼的色粒子在體內。

先不說雅梅莉安．邁蒂，在暗暗地想著自己的心事。卻說眾人，此時又開始催著二位宇宙特使，帶領他們去尋找「警戒星球」了。

二位使者，邊帶領眾人飛降，邊向大家講述著飛行路線。他告訴我們：

從銀河中心向外，靠下層面約二萬七千光年之處，有一顆紅色的大亮星星，名叫太陽。它的直徑，約有一千四百萬公里；它很熱，僅表面的溫度，就約有六千℃；中心溫度則更高，約有一千五百萬℃。特使告訴大家，只要找到這顆名為太陽的星球，就可以找到「警戒星球」了。因為這顆星球的引力很大，在它的周圍，有十二顆大星球在圍繞著它旋轉。總庫總指揮將這個火球星群，稱之為『太陽系』，而「警戒星球」，則是圍繞著它旋轉的第三顆行星。從它的中心向外，除了水星、金星之外，便是他們此行的目的地——「警戒星球」了。眾人聽完，對此行所尋找的目標心中已經有了底。

二位特使為了讓這些智靈人們，能夠更清楚地瞭解自己未來的大家園——銀河系，打算分頭帶領他們，去參觀、尋訪銀河系和太陽系。於是，他們將尋訪的區域，分為銀河上層與銀河下層。將眾智靈人也分成了兩個組。去銀河上層的一組，由銀碟特使帶領。去銀河下層的一組，由赤碟特使帶領。

分成兩組的智靈人們，分別駕駛著飛碟，精神抖擻地跟隨在兩位特使的後邊，向著各自尋找的層飛去。

眾智靈人約定：在銀河中心見！

於是，大家就在銀河系中心道別，跟隨著二位特使，分別向著銀河系的上、下兩個層面的邊際飛去……

這次跟隨老師在銀河做星際旅遊，心情非常愉快！因為眾智靈人都有了人形光影，我很容易就可以將他們區分開來。而且，他們也有類似我們人類的思維情感，感覺好親切！

盼望著老師再次帶著我出去雲遊！

達蒙·卡萊爾看完感到靈心湧動！

「我怎麼感覺與那個來到我們空間的智靈人布拉克·奈森有一種心靈上的共鳴？」他不解地自言自語，接著，突然心中一顫：「我是不是曾經是日記中的那位水靈人呢？」

「不錯！你就是我！我就是你！」太空中傳來一種空靈的高頻振動的音波。

這更激起達蒙·卡萊爾閱讀「宇宙日記」的興趣，他很想知道水靈人後來的命運。

第十三章

智靈人輾轉星球大揭秘

二一〇七年十二月二十三日　晚上十點

我跟老師出遊上癮了，第一次呼喚老師的生命密碼，盼望老師早點到來。果然，一個藍色的大光球，「啪」的一聲閃現在我的面前。

老師的資訊聲波傳了過來：「什麼事這麼急著呼喚我？」

我說：「老師，我還想讓您帶著我去銀河系遊玩！」

老師說：「我會準時來的，你太著急了！不過，今天是今年最後一次給你傳達宇宙資訊了。」

我早早地坐好了，老師說完，就帶著我的「丸態思維因數」離開了生物載體，直奔「銀河」而去。眾智靈人分手之後，各自在兩位飛碟特使的帶領之下，迅速地飛離銀河系的中心，飛奔到各自指定的層面。

飛往銀河上層面的銀碟特使，和他所帶領的羅蒂波度等眾智靈人。眨眼間，便來到了銀河系的上層面，即人類稱之為銀河之「北銀極處」。他們將從這裡開始，向著銀河系的中心處尋訪。

北銀極，比起銀河中心來，要昏暗得多。即使是這樣，大家也能看到那只金光閃閃的獅身人面銀河衛隊統帥卡爾．金菲力。當眾智靈人向他們飛飄過去時，卻發現他們與眾智靈人之間，好像有什麼屏障隔著？雖然近在咫尺，卻不能靠近。

銀碟特使讓羅蒂波度與眾智靈人都停在原處，先不要動，自己則走上前去，用思維資訊波，向卡爾．金菲力，發出了問候的信息：「卡爾．金菲力前輩，您好！我今天帶領眾智靈人前來拜訪，請將電離子暗磁門打開。」

卡爾．金菲力聽到「門」外有智靈人造訪，急忙睜開雙目，只見眼前橙光閃爍。就在他們發愣的工夫，智靈總庫總指揮的思維信息波傳了過來：「卡爾．金菲力，站在你們面前的，是衝破了『生命天河屏障』，到七時空尋找『水靈人』布拉克．奈森的智靈人。他們所去之處，異常險惡，是要到位於七時空一級能量場的『警戒星球』上。那裡是無形生命體與智靈生命體混居之處，當他們需要時，你要派衛隊騎兵幫幫他們，好讓我放心！」

卡爾．金菲力聽畢，用「意念動力」將「電磁門」打開，對眾智靈人說道：「孩子們，快請進！」走在前邊的花靈人，聽到一聲「請進」，半信半疑地向前邁了一步，感覺已經沒有什麼障礙了，便猛地一躥，就進入了卡爾．金菲力的「統帥府」。

接著，眾人也跟著魚貫而入。

花靈人臘梅召喚其他智靈人：「姐姐，我怎麼覺得這裡挺怪的，雖然看不見有椅子，可坐下去也坐不空，就好像有椅子接著，這是怎麼回事啊？」

一個智靈人答道：「還有怪事呢，我試著想摸摸桌子，雖然看不見，可確實有啊；聽說這裡是卡爾．金菲力統帥府，我怎麼什麼也看不見呢？」

「哈哈哈哈！」突然，驚天動地的聲音從她們的身後傳來。

原來，宇宙衛隊統帥卡爾．金菲力，聽到大家的議論，感到有趣，不由得發出了笑聲。

眾智靈人回頭一看，原來是卡爾．金菲力，站在他們身後發了話，他是獅身人面通體金光閃閃，漂亮極了！

銀碟特使走上前去，雙手抱拳，上前施禮道：「四宙晚輩銀碟兒特使拜見三宙長輩卡爾．金菲力！」

羅蒂波度聽了銀碟特使對獅統帥的稱呼，不由奇怪起來：「銀特使，您怎麼如此稱呼卡爾．金菲力？什麼三宙、四宙的？」

「哈哈哈哈！」卡爾．金菲力笑了起來。

原來，當宇宙剛剛進入三宙歲時期，宇宙總侍衛長卡爾．金菲力就攜帶卡爾．魔裏桊，率領著百萬「人面金獅衛隊」，開赴到「地宇第七時空層」了。

那時的「七時空層」，名為「地宇赤幻天」，到處是耀眼的紅光和薄霧，還不見什麼巨石、繁星，也沒有什麼星團、星座。有的只是半雲半霧的景象，但更多的卻是看不見的「暗物質」。

每當金獅衛隊飛過，便會帶起一股「暗磁風」。形成一個個大小不一、旋轉著的「黑洞」。這種「黑洞」，旋力極大，無論是什麼，一旦靠近它，便都會被吸捲進去，連光、磁、雷、電也不例外。

所以，卡爾．金菲力派出很多宇宙衛兵，去巡視每個暗「黑洞」口。後來，智靈總庫總指揮發出了第三次「回歸資訊」，所有各時空層的「超物質形態生命靈體」，都乘著大「月亮船」，返回了「零空間」智靈中心。卡爾．金菲力和眾衛隊金獅兵，也都一同返回「零空間」。

在智靈中心，「總庫總指揮」聽完返回的卡爾．金菲力的匯報，知道地宇七時空層的情況後，將所有回歸來的後代子孫，一起融入自己的意識光團中。智靈總庫總指揮當時就發現卡爾．魔裏紮，沒在其內。他心動了一下，追尋著他的命運軌跡，得知他已被甩落在「七時空層」邊上，後又滑落到了第八度數空間層。

智靈總庫總指揮知道這個金獅族智靈兒的甩落，不僅使他要遭受無比痛苦的磨難，還將給七時空層的未來，造成難以估量的巨大變化。

當宇宙開始第四宙歲的能量釋放時，智靈總庫總指揮又趁勢將卡爾．金菲力和他強大的金獅衛隊分離出來，重新將他們送往第六角宇區「七時空層」的銀河上層三級能量場，駐守在那裡。

今天，銀碟特使根據智靈總庫總指揮的指點，憑著自己的記憶，終於找到了卡爾．金菲力。

卡爾．金菲力，看到這些來到七時空層的四宙後代子孫們，已經都隱隱約約地有了光能形體，不禁眉頭一皺，對他們說道：「當你們有了形體之後，辦很多事情都特別麻煩；到很多地方去，都要受這個形體的限制。」

羅蒂波度卻滿不在乎地說：「卡爾．金菲力長輩，有物質形體怕什麼呢？我們就是要到一個有形的物質星球上，去體驗一下祖輩們從未體驗過的事情啊！」

卡爾．金菲力看了一眼羅蒂波度，說道：「你就是六時空層智靈中心核母——羅蒂波度吧？」完了又問：「雅梅莉安．邁蒂來了嗎？」

羅蒂波度告訴卡爾．金菲力說：「聽說我們要去的物質星球，在銀河裡的太陽系中。我們分開來，去分別尋找這個太陽系，雅梅莉安．邁蒂去了銀河的下層面。」

卡爾．金菲力點了點頭，對大家說道：「我們早就接到智靈總庫總指揮的資訊，任命雅梅莉安．邁蒂為這個時空智靈中心的總指揮官。她的宇宙能量高得驚人，連我們都要聽從她的命令。」

此時羅蒂波度在暗暗地慶幸自己：「我幸虧偷偷跑下來了，否則，自己同雅梅莉安．邁蒂妹妹，各任各空間層的總指揮，豈不永遠相隔兩時空層！那時，恐怕誰也不能在對方的層區裡久居。」

這時，羅蒂波度的耳邊，響起了銀碟特使與卡爾．金菲力的對話，打斷了他的遐思：「卡爾．金菲力前輩，您能否帶領我們雲遊一下銀河系？」

「能是能，但你們可千萬不要亂跑，否則的話，被看不見的『黑洞』吸了進去，我可是沒有辦法再將你們救回來呀！」

「好，我囑咐囑咐他們，讓他們多加注意就是了。」銀碟特使邊答應著，邊轉身對大家說道：「孩子們，卡爾．金菲力前輩要帶領我們，去雲遊銀河系了，請大家不要亂跑，否則會掉入『黑洞』的。」

眾人都很興奮，在這個危險的區域裏，能有老前輩為他們帶路雲遊，這早已使他們按捺不住自己那急切的心情了。

卡爾．金菲力帶領著眾靈能人上路了。首先到訪了北斗七星指揮官未來的官邸。這七座官邸竟然是七個懸浮在空間的大飛碟，若隱若現，但卻光芒四射，星團環繞。

當眾人走進星碟時，卻發現在每一座星碟中，都有一個巨大的花形星座。它有點像托著「神秘火種」的蓮花座一般，也是七瓣的，呈粉紅色。每個花瓣內部，都有一顆水晶般透亮的七色「星辰珠」不時地飛快旋轉。時而正轉，時而反轉，放射出耀眼的白光。在每個大星座上，都有一顆閃閃發光的巨大星石。當每個花瓣中的七彩星辰珠一起旋轉時，就像七道探照燈的光柱一樣，齊刷刷地射到中央那顆大星石上。中央的星石，又恰到好處、並準確地將七道光柱的光集中，再均勻地反射出來，照亮了整個北銀極的天空。

我發現：只有星辰珠在正轉與反轉交替的剎那間，星光才有瞬間的昏暗。

這七座星碟，就像一把大勺般地排列著，除了中間的星碟稍微大些，其餘六座，皆一般大小。

卡爾．金菲力告訴我們，這七個大飛碟是為北斗「七星石」幻造的官邸，並非是讓他們來居住的。負責這北斗七星的指揮官，是居住在第五時空層的，但他們會時常下來，巡視這七個大星座的。

因為七彩星辰珠需要五時空層的北斗七星能量光團（五時空的七星能量團是一種不發光的暗能量體，當這種暗能量射到七星石上時，才能發出我們視覺系統能接收到的光波。）為他們增添光能。否則，也就照不亮七星石，那樣的話，也就更無法為「警戒星球」上的有形生命體導航指路了。（原來這七塊大石頭也有指揮官管轄。）

卡爾．金菲力一邊給眾人講解著，一邊帶領著他們繼續向下飛飄。

眾人來到了另一個大星系——「天龍星系」。

卡爾．金菲力給大家介紹著此星系的來歷：原來，曾經有一個名為「天龍」的高能特使來過這裡巡視能量場。那是在你們到來之前，他曾到過北斗七星碟，將七彩星辰珠用第四時空層的宇光能激亮，並使它們迅速地旋轉起來。他在這裡的北銀極等待返回的「白色時空隧道」大門開啟時，就在這裡休息過。因此，就將這個星系，稱之為「天龍座星系」了。

卡爾．金菲力介紹完「天龍座」的來歷之後，又指著下面說道：「那裡還有一個『小龍座星系』，」眾人順著他思維資訊發射的方向望去，卻什麼也沒有看見，卡爾．金菲力環視了一下四周，又對眾人說道：「小龍座星系旁邊，就是上次天龍能量團返回『第四度數空間層』的『白色時空隧道』門，他就是坐在這裡等著隧道門打開的。所以，這裡就被取了這個名字。」

卡爾．金菲力告訴大家：「別看這裡看起來星系不多，有的好像是什麼也沒有似的，但這裡卻是兩個大大的『暗物質倉庫』。這裡的『暗宇能』很強，『黑洞』、『暗星』、『暗星系』多得很！尤其是『黑洞』，簡直多不勝數！」

一個花靈人問道：「卡爾前輩，要這麼多的『暗物質』，都做什麼用呢？」

卡爾．金菲力哈哈大笑著告訴大家，說道：「你們不要小看這些看不見的『暗物質』，它可是我們上個時空層的寶物！」

「看不見？還是寶物？」

花靈子不理解地搖搖頭，疑惑地望著卡爾．金菲力。

他告訴我們說：「在上時空層中，暗物質就像是我們手中的天網，我們只要牢牢抓住網繩的一端，網內的一切物質，就不會到處亂飛；也不會隨便改變它們運行的軌道，而與不該碰撞的行星發生碰撞。」

正說話間，只聽著下面發出「砰」的一聲巨響，接著，便是火光四射。

花靈子指著火光，回頭對卡爾．金菲力說：「卡爾前輩，您還說不發生碰撞呢，剛才，那裡的兩顆星，不是就撞在一起了嗎？」

卡爾．金菲力看了看那團火光，笑著說道：「孩子們，你們知道為什麼此時空層的銀河系中，有那麼多的星團、星系嗎？就是由於這裡有一個大『育星室』啊！」

說完，他用手指了指斜下方說道：「你們看，那就是『銀河系』的『恆星育兒室』——『獵戶座星雲』。我們用手中的『暗天網』，控制、操縱著那裡的行星，尋找有活力的大行星，就像『獵人捕捉獵物』一樣，將它們送入『育星室』，再對它們進行選擇、相撞。這樣就可以產生更多的大恆星系。所以，我們就將這個『恆星育兒室』，稱之為『獵戶座』。如果按本時空的時間來計算，那裡每年要產出十二顆新的恆星。你們要去的太陽系，就是在那裡誕生的。」

大家順著卡爾．金菲力意識所示的方向望過去，眼中都流露出無限嚮往的神情，想像著美麗的太陽系，會是個什麼樣子。

正在大家發愣的時候，卡爾．金菲力又說話了：「我們已經快到銀河中心了，你們再朝這裡看！」他說著示意銀河中心向外的斜下方，又接著說道，「你們看，那個離中心約有二萬七千光年的地方，有一個大火球，那就是你們要找的太陽星球！」

眾人向斜下方俯視著，果然看見一顆紅紅的大火球！

「一個，兩個，三個……」

「哎呀，一共有十二顆大星球，在圍繞著它旋轉呢！」花靈子們驚呼起來。

銀碟特使，特意地指著一顆藍色的星球，高興地告訴大家：「孩子們，那個就是『警戒星球』！在大火球外邊，第三顆，藍色的那個，就是！」

這時，卡爾．金菲力對大家說道：「孩子們，這裡已經快到本時空層的一級能量場了。再往下飛，你們就都有了實實在在的物質形體了。我在這裡，也不便久留，也該回到北銀極巡視一下了，就此告別！」

智靈人們戀戀不捨地望著他。

無奈卡爾．金菲力引路的使命已經完成，他要返回北銀極，繼續執行巡天的任務去了。

眨眼間，卡爾．金菲力就不見了蹤影。

老師帶著我返回來，我急忙拿出筆，飛速地將今天的「銀河之旅」詳細地記錄下來。時鐘指著凌晨六點半。

我的腦中還有很多疑問，我希望老師再來一次，將我的一些疑問解答，我聽話，不出遊！

老師笑了笑，終於答應了我。

我很慶幸自己當初沒有拒絕「智靈總庫」的任命，讓我這個科技盲，接觸了如此之多的宇宙資訊！盼望老師能夠繼續為我講解更多的宇宙知識。等待著特使老師最後一次的降臨。

二〇〇七年 十二月 二十八日 晚上十點

五天之後，我再一次呼喚老師的生命密碼，盼望老師早點到來給我答疑。果然，一個寶藍色的大光球，「啪」的一聲又閃現在我的面前。

老師的資訊聲波傳了過來：「我既然答應你了，就一定會來的！難得我們的靈兒第一次主動提出問題問老師！」老師笑道，「說吧！你盡管提出來，老師會滿足你的！」

我說：「老師，今天我們不出遊了，我問，您回答，可以嗎？」

老師說：「往常你纏著我出遊，今天是怎麼啦？」

我說：「我要抓住今年的最後一次機會，多問一些我們不瞭解的事情，也給後人解開心中的疑團！」

「好孩子！學會為後人著想了，開始吧！」

我提出的第一個問題：「那位第六時空層的核母決策人——羅蒂波度，後來的命運軌跡如何？」

老師答：

「羅蒂波度來到第七時空層，跟隨智靈總庫委派的兩位飛碟特使遊歷銀河系之後，帶領著一部分智靈人，在銀河懸臂第二十九層圈上，尋找到一顆名為『頓巴勒』的星球，在那裡尋找到的生命載體，成為『耶洛因』族人的祖先，並創立了『耶洛因文化』。帶領這個星球的『類人類』走上正常的生存軌道後，他離開了這個星球，又來到了一顆名為『木穀』的星球上，在那裡進入到『木穀』族人的生命載體，延續了『耶洛因』族人的基因，創立了『木穀文化』。

離開『木穀』星球之後，他隨著懸臂向外旋轉至第四十一層圈上時，來到一顆名為『勃貝爾冰』的星球上，進入到『天貝爾』族人的生命載體中，仍然繼承了『耶洛因』族人的基因，創立了『天道文化』。

他離開『勃貝爾冰』星球之後，隨銀河懸臂繼續外旋至第五十二圈時，又尋到了一顆名為『希綠儒』的星球，進入到本星中的『希綠儒』族人的生命載體中，繼續延續著『耶洛因』族人基因，創立了『西儒學派』。

他離開『希綠儒』星球之後，隨銀河懸臂繼續外旋、外旋，直至第八十一層圈，在四維空間尋到了一顆名為『瑪雅梅洛特』的星球，成為該星球最著名的『哲學領袖』。

通過幾次在生物載體中的進進出出，讓羅蒂波度明白了自己一次次在內流轉的原因，決定不再進入生物載體中，而保留自己超物質『智靈光團』的形態。他從自己的光團中不斷地裂解出小『智靈粒子』，將它們送入各種生命載體中，成為這個星球上的『瑪雅』族人和『梅洛特』族人。讓他們在各種生命載體中延續著『耶洛因』族人的部分基因，創立了『科學技術智囊團』。

隨後，超物質隱態的獅身人面『金獅族』宇宙騎兵也開進了這個星球，其最高指揮官『菲力浦斯』被任命為這個星球的第一代統治者『星王』。其麾下的鐵騎金獅，也就成為這個星球的國家衛隊。在第一代星王的統領下，這個星球的科技水準達到了頂峰！飛碟技術也從此傳出。

後來，從這個星球飛出的兩族人分別隨著銀河懸臂一直外旋，直至第八十一層圈，奔赴了三個星球：『瑪雅人』一直駐守在『天狼星』上傳播『大愛文化』，後來有一些人又乘飛碟來到『地球』上；而『梅洛特人』則跑到『獵戶座』，成為『獵戶星人』，新星爆發衝擊波又將其推至『天狼B星』，成為『天狼B星人』。他們最後也來到『地球』。

羅蒂波度在宇宙間遊蕩時，突然看到雅梅莉安．邁蒂的靈影，便也飛臨地球撞上邁蒂，誕生了第一個由肌朊線粒體裂解而成的人類載體，成為人類的始祖。」

老師已經講述完畢，我還在愣愣地聽著，意猶未盡。發現老師沒有了震動的資訊波傳來，我才回過神來。「後來呢？」我追問道。

「後來……後來他就在不同的載體上變幻，直到今天。」

「今天？他是誰？誰是他？」我脫口而出地問出這個當今很富有哲理的謎題。

「將來，他會成為『地球宇宙職能中心』的總指揮官。」

「老師，老師，雅梅莉安．邁蒂和埃爾斯蒂娜兩個美麗的女智靈人跑哪裡去啦？」我最關心的第二個問題，是這個時空層的「核母總指揮官」和她的替身最後到底是誰。

老師答道：「原本這兩個人應該形影不離，但當她們一起來到銀河懸臂的第九層圈時，雅梅莉安．邁蒂飄到一顆名為「愛塔利莫」的星球上，成為了「利莫里亞人」的祖先。來到地球上之後，她們進而又進化成為今天的亞洲大陸早期人類。而埃爾斯蒂娜則晚了一步，被旋落在了一顆名為「亞格哈里」的星球上面，成為了「哈莫格人」的祖先。

兩個命運相連的「智靈人」，相互發出同頻資訊波，彼此溝通吸引，最終兩人相約一起離開各自的星球，重新躍入銀河大懸臂中，成為兩個互旋的雙子星團。她們一起旋到了懸臂的第三十四層圈，到了一顆名為「愛巴克」的星球上面，成為「諾迪克人」的祖先。後來她們來到地球上之後，進化成為美洲大陸上的原始人種。

她們決定再一次離開星球，隨著銀河懸臂的外旋力，旋到了第八十一層圈上熟悉的「仙女星座」，又成為了「海蒂婭人」的祖先。後來到了地球上，最終進化成為今日歐洲大陸上的早期人種。

當她們在第八十一層銀河懸臂上再次尋找地球時，又來到了「獵戶星座」，兩個高能量智靈人分別成為了兩個族的祖先：雅梅莉安·邁蒂將「哈索爾族人」的DNA注入了生命載體中。來到地球上時，便成為非洲大陸上的原始人類祖先，當時他們全部居住在「昴宿星球」上面。而埃爾斯蒂娜則將「拿菲利族人」的DNA注入了生命載體中。飛落地球上之後，他們是當時的南歐大陸上原始人類的祖先。唯獨她，後來在「地球宇宙職能中心」內的「星空環宇觀測站」工作，成為一名宇宙資訊搜索、接收、記錄的資訊專家。

我張大了嘴巴，又聽糊塗了，但老師好像一直都在「注視」著我的記錄一樣，每當我寫出了一個「同音字」時，他就會一遍遍地糾正我的記錄，直到寫出他認為是正確的那個字為止。

好嚴厲的老師呀！這兩個複雜的人物今天的身份，我簡直不知道該從何處問起了！

達蒙·卡萊爾像記錄員一樣，張開了嘴巴無法合攏，他繼續讀著日記中記錄員的下一個問題：

「老師，我的第三個問題是……」我忽然給忘了要問什麼了，想了半天想起來了，「偷偷跑到我們地球上的那個，那個管水的長官，叫什麼來的？後來他是今天的誰呀？誰是他呀？」

我這記性真差！

我發現老師不但沒有批評我，還給我解釋道：「不是你的記性差！而是我每次給你傳達完資訊之後，就會將你『思維因數』中的記錄內容刪除！」

「為什麼？」我很不高興地問道。

「因為我希望你的思維因數單純得就像一張白紙！這樣你的記錄中就不會摻雜更多的昨日舊資訊。」

「我記錄了半天，自己什麼也不懂？就像個傻子一樣？」我繼續發洩著自己的不滿情緒。

「你所記錄下來的內容，對人類知識界是個貢獻！這是你今世要完成的任務！」

老師感知到我思維中散發出的負面漣漪波，於是漸漸從他的能量團中散射出一種淡淡柔柔的藍光波紋，慢慢將我包圍。我腦子裡的不滿情緒，不知何時被漸漸融化，取而代之的是一種受了委屈的孩子被一種強大的「愛撫」之手撫摸著……

我不由得淚流滿面……

所有的委屈化為烏有！

我又想起了第三個問題。

老師說：「孩子不用再想了，老師知道了你要問的是水域長官布拉克．奈森的生命軌跡。」

老師告訴我那位水域長官布拉克．奈森被兩位飛碟特使直接送到了銀河系第八十一層圈的懸臂上，他造訪過這個懸臂內的許多星球，並將能量之水分配給那裡的生命資訊場。

他到過「坎菲斯星」，那裡居住著「普雷托人」；他到過「畢魯派星」，那裡居住的是「萊弗特人」；他到過「那拉星」，那裡居住的是「亞蒂斯人」；他到過「藍比斯星」，那裡住著「藍莫斯亞人」；他最後來到地球，成為居住在大西洋底的「霍利達」海族人，他還在海底建造了一座大城堡，後來居住在內的還有不少「亞特蘭蒂斯人」。

布拉克．奈森曾經在自己掌管的區域中，搜尋了各個星球上的高科技資訊，並將這些資訊整理之後，彙報給宇宙智靈總庫。因為他的這些努力，總庫將他「私闖天河屏障」的罪行予以赦免，並讓他在各個星球上尋找代言人，再將這些科技資訊傳達給地球人類。

他尋找的各星球代言人分別是：

「勞斯頓星」代言人是：牛頓、培根、阿基米德。

「玄木女星」代言人是：笛卡爾、歐拉、法拉第、特斯拉。

「藍比斯星」代言人是：哥白尼、愛因斯坦、哈勃、沃森、克裏克。

「赤斐諾星」繪畫藝術代言人是：達文西、莫內、梵古、塞尚、畢卡索、馬蒂斯、波洛克。

我對著虛空說：「我知道了！謝謝老師！」

記錄完後，兩個相疊的紫色光團已經躍出了我的隱性視覺的視線，此時只能感覺到漸漸減弱的聲波振動，老師向我傳出了最後的信息：

「地球人類的孩子們，當你們拿到這本日記時，我們就已將高宇宙能量注入你們的身體，它將使你們的思維發生巨大的轉變！它為你們展開宇宙演化的真實畫面。如果拿到這本日記的是一位科學家，我們將會為你們輸入新的資訊能量，使之獲得研究的嶄新靈感，並讓你們頃刻之間躍上新的科學制高點，融入更高的四維空間！

「孩子們，珍惜你們這個三維時空，但更要珍惜你們賴以生存的地球母親吧！再見了！」

宇宙老師們滿足了我提出的所有要求後離開了這個時空！我戀戀不捨、淚眼模糊地望著老師那個閃爍著藍紫色光芒的大光團，漸飛漸遠……

記錄完畢！

記錄員：靈紫

達蒙．卡萊爾放下手中的日記，將屋裡的窗子全部推開，只見一對躍出海面的大西洋底的海靈人，甩著金光閃閃的大魚尾，在海浪的湧托下，向達蒙．卡萊爾深情地遙望著……

此時，達蒙博士的目光與海靈人的目光相觸的剎那間，他望著那對海靈人突然喊出了：

「爸——爸！」

「媽——媽！」

只見他們的眼裏，都湧出了晶瑩的淚花！

含淚的微笑掛在他們面頰，漸漸遠去……

此時，窗外早已是萬家燈火！達蒙．卡萊爾仰望著墨藍色的天空，那漫天的繁星，就像鑲嵌在黑色天鵝絨幕布上的鑽石般閃耀著！他的腦海中又浮現出「天幕」展現給世人的唯美畫面。

答讀者來信

《天幕：一個宇宙資訊記錄員的日記》自出版以來，收到來自世界各地的讀者朋友的提問，有科學家、有電腦博士、有數學老師、有藝術家、也有文學愛好者。這裡一併集中回答，希望拋磚引玉，吸引來更多的讀者提問，如果希望自己的問題是署名問題，請在來信中告訴我。

問：書中二〇〇七年五月八日晚上十一點二十那篇日記所記錄的內容：後來又有一段這樣的記錄——「這段內容屬於宇宙核心機密，特使老師感覺不適合普通地球人類閱讀，所以，在記錄之後又被日記作者刪除。」請問為什麼要刪除這些內容，到底刪除了什麼內容？

答：這是一個被問得最多的問題。這本是我的一個拙劣的懸念，準備創作下一本書時再陸續寫出。沒想到有這麼多讀者朋友渴望知道這個秘密，希望早日看到被我刪掉的那些內容。作為一個坦誠的「宇宙資訊記錄員」我只能在這裡現在應廣大讀者要求，將即將在第二部展示的內容合盤端上——

在這個大宇宙中共有二十五個級別的智靈生命能量場，其中從核心智靈總庫算起第二十五級，以下從第七時空層到智靈中心的零空間，每層都是下中上（1、2、3）三級生命能量場。

從第八時空層則是負級智靈生命能量場，同樣也是上中下負三級場和負維密度空間。

這個大宇宙共有九十九維密生命能量級別，因為每級生命能量場中有四個維度、密度空間。所以，生命能量場級和生命能量維密級是不同的，這樣更有利於每一個智靈生命能量的逐漸提高，能夠更快地融於相適應生存的那級能量場裡面。

問：靈紫老師，您的書我看不懂，是外星人給地球人講的物理課嗎？

答：呵呵。沒想到看我書的讀者還有這樣想像力豐富又有趣的，真是太幸福了！在我們地球人現在的認知體系裏的外星人，是指生活在書中所表述的物維空間層，確切地說就是本宇宙的第六角宇區、第七時空層、第一生命能量場的三維空間中的智商和科技遠遠超過人類的「類生命體」。按照書中的描述，他們可能生活在銀河系的內旋臂上，比我們進化得早，更為智慧。書中給「我」講課的所謂「老師」，並不是這樣的外星人，而是這個宇宙零空間「智靈總庫」給「我」派出的智靈老師。他們來自書中描述的內宇宙，雖然他是內宇宙第三時空層第三生命場的第四維空間的智靈生命，但他是受「智靈總庫」的派遣為「我」傳授各種知識的。打個比方，雖然我們有可能原籍是某一個省，但我們工作在北京的某單位，也會被派出差的。所以，在書中的設定並不相同，但是，在目前地球人的認知系統中，並不能區分他們，把他們混稱為「外星人」。

問：既然量子糾纏的實驗已經證實，從笛卡兒、伽利略、牛頓，到西方科學的主導世界觀認為，宇宙是一個巨大的機器，沒有意識，沒有目的，但是量子糾纏又證實了「超距作用」（spooky action in a distance）是存在的。您怎樣認識這個有些矛盾的問題？

答：這個問題目前在科學界爭議不斷，也不斷前行。對這類問題的研究讓傳統科學家越來越困惑。因為，人類對於意識幾千年的認知都是固化的、有偏差的。因此，導致量子宇宙學的很多理論和實驗令人費解和難以接受。甚至有很多西方科學家說，如果有人認為自己能準確解釋「量子糾纏」或者「薛定諤貓」，那只能說明他連「門」都還沒有找到。這本書也是在探索這類問題的時候，徹底開放大腦後的暢想，很多研究生和博士，甚至科學家都認為自己得到了啟示。我想最大的可能是讓他們瞭解，其實舊的認知沒有什麼是不可以拋棄的，而一旦拋棄，新的就不再難以看懂了。

問：量子糾纏既然表明宇宙是不可分割的整體，在冥冥之中存在著某種聯繫，那為什麼「意識」對西方科學來說仍然是個謎呢？

答：這一點也許前面那位讀者說得對。地球人真心看不懂，不妨假設一個外星人來講物理課，把舊思維燒成灰，也就是燒腦。涅槃之後，全新的世界裡，一切都清晰了，不再是一個謎了。

問：有位專家將諸如「位置」、「動量」等稱之為「物理量P」，又將「態向量」分為兩類。也就是將具有確定的P，稱為它的「本征態」；將不具有確定的P，稱為它的「非本征態」。非本征態的量，比本征態的量多得多。也就是說，絕大多數情況下，一個「粒子」是沒有確定位置的！

答：這是一個好專業的問題啊！我可以從科幻的角度來回答嗎？如果按照我個人的理解就是，P的「本征態」就好像是人體的物質「大腦」；而P的「非本征態」，則是主宰人體神經系統的「丸態思維因數」。人的大腦有固定的物理量P，而「丸態思維因數」則像是宇宙中的暗能量一樣，除了大腦中的位置，它還可以離開原來的位置，進入宇宙空間，與更多的「丸態思維因數」交流。因此，它又是沒有確定位置的。

問：愛因斯坦是挑戰量子力學的，他堅信粒子應該具有確定的位置和動量，不滿於量子力學的不確定性和隨機性。但是，EPR實驗卻出現了量子A與B之間「鬼魅般的超距作用」，資訊傳遞的超光速，違反了他的相對論。所以，他認為量子力學肯定有錯誤。這種說法正確嗎？

答：這裡所說的內容基本與上邊相似，所謂的量子A與B之間出現的「鬼魅般的超距作用」，資訊傳遞的速度超過光速，這裡的量子A與B，實際上就是前面所說的「意識」思維粒子。它們確實有著不確定性和隨機性。量子力學也確實是不完美的。

問：EPR實驗現象既然是一個真實的效應，而不是一種悖論，那麼「量子隱形傳態」（quantum teleportation）是否就是一個重要的應用了？

答：「量子隱形傳態」（quantum teleportation），在各種科幻小說中早已是大有作為了！大家難道沒有看到嗎？在很多神幻電視劇中，主人公那種神奇的突然間不見了，轉而又忽地一下子在另外一個地方出現了，不就是「量子隱形傳態」理論的一個很好應用實證嗎？哈哈！

問：現在我們周圍有越來越多的人都期望，科學將會發生重大的變化，科學信仰和宗教信仰的界限將會逐漸消失。您認為有這個可能性嗎？

答：生活在物維空間的人類世界，人們之所以會對科學與宗教有著不同的認知與信仰，就是因為目前人們對一些神秘現象還有一些不同的錯誤認識與誤解，導致對一些最先進的科學知識一時還難以接受！就是因為這些神秘現象，不足以讓人們以物質的形式所感知而造成的。「思維資訊因數」在某種意義上說也是物質的，在我們的物質世界，它早已經被人們以物質形式加以熟悉與運用了。因此，它也就不再那麼神秘了。當人們不認識它的時候，當然就會有一定的神秘感，也就會將其歸入各種信仰之中了。但是隨著科學技術的不斷發展，終有一天人們會發現，原來那些神秘而看不見的微小的「資訊粒子」，竟然也是可見、可感、可用、可控的！那些無論是被科學手段所證實的，還是被宗教所信奉的神秘現象，原來都是由那個一直無法顯露在世人面前的「資訊粒子」所表演出來的「劇情」啊！到了那一天，無論是科學還是宗教，亦或是對種種神秘現象的信仰，都會殊途同歸地走在一起！它們之間所有的紛爭與界限也就會逐漸消失。

問：靈紫老師，《天幕》裡闡述了宇宙是由宇宙智靈總庫管控，請問先有宇宙，還是先有「宇宙智靈總庫」？宇宙起源的動力是什麼？

答：《天幕》忠實記錄了我的感知，並用科幻的形式與讀者們分享宇宙奧秘。為了更好地表述天宇科學，我在《前沿科學》雜誌上發表了四篇論文。分別為：《生命容介態再識——天、地、人、容介態資訊迴圈初析》、《智慧進化與容介思維》、《地球與」宇宙的能量關聯》、《資訊膠子宇宙起源與智慧進化的關鍵因數》。

《資訊膠子 宇宙起源與智慧進化的關鍵因數》提出了新的觀點：

1. 本宇宙的起源是由於「宇宙資訊智靈總庫」內眾多糾纏著的「資訊膠子」之間，發生輕微的思維擾動，激發出高頻振動的各向同性「擾動資訊螺旋慣性能量流」而啟動原初奇點大爆炸的。

2. 「資訊膠子」所爆發出的「擾動資訊螺旋慣性能量流」是我們這個子宇宙膨脹與收縮的真正動力源。

3. 資訊膠子是形成智慧量子糾纏的關鍵。

有興趣的讀者，可以到我們網站上 (http://www.eufc.org) 進一步研讀科學論文。

問：本書第15頁有張文字形的插圖，請問這是高維文字嗎？高維文字比地球文字高級嗎？

答：是的。文字由形線組成的不同圖案，是記錄與傳遞資訊的介質。不同世界的文字介質所承載的信息量並不一樣。維度越高的世界，單個文字的信息量越大。我在書寫時，往往喜歡用高維文字記錄。比如下面的文字，是我寫《資訊膠子：宇宙起源于智慧進化的關鍵因數》論文時的高維文字原稿，然後翻譯成漢字在《前沿科學》上發表。

更多相關資訊，可參考本書延伸閱讀2——〈資訊膠子：宇宙起源與智慧進化的本質〉一文。

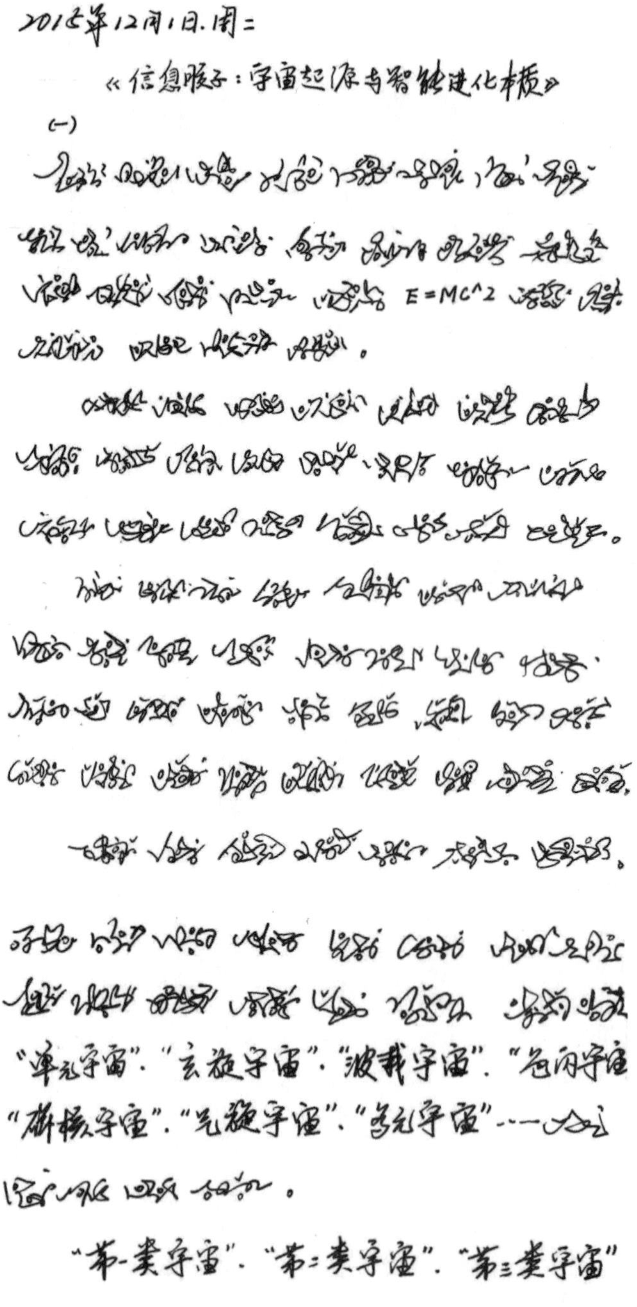

2015年12月1日.周二
《信息胶子：宇宙起源与智慧进化本质》
(一)
E=MC^2
"单元宇宙"、"玄旋宇宙"、"波载宇宙"、"包内宇宙"
"斜核宇宙"、"光旋宇宙"、"多元宇宙"……
"第一类宇宙"、"第二类宇宙"、"第三类宇宙"

……[illegible]“鏡面层膜”。

[illegible]

2015年12月25日 3:45

讀者朋友的問題都很專業，我的回答卻很科幻，希望不會讓朋友們失望，不妥之處還望大家批評指正！

延伸閱讀1

《天幕》的萬千謎團，《天遣》為你一一揭開

在《天幕：一個宇宙資訊記錄員的日記》中，我們知道，宇宙資訊記錄員是未來最新潮、最熱門的職業。在這裡，您是否想知道她後來又經歷了哪些？記錄了哪些？也許——人們最感興趣的就是，那些高宇能智靈人，後來是何時被派遣到第七時空層？他們又是如何尋找、降落到我們今日的地球家園？那時候的地球家園是個什麼樣子？他們這些智能人又是如何創業？如何造人的？

在這部《天遣——記錄員筆下神秘的宇宙創業》一書中，將為您詳細地講述記錄員後來所記錄的內容和她曾經經歷過的各種有趣的故事。

太陽系及其「雞蛋皮殼」屏障

宇宙特使老師帶領著宇宙資訊記錄員的「思維因數」來到了銀河系，將她託付給赤、銀兩碟特使和卡爾．金菲力，自己則迅速返回了宇宙零空間，向智靈總庫復命。

第六空間「智靈中心」的指揮官——羅蒂波度看了看大家，指著遠處的太陽系提議說：「我們離太陽系這樣近，我們何不飛過去看看？」

「好主意！快飛吧！」

小臘梅花靈子與眾智靈人，歡呼雀躍地催促著銀碟特使。

「你們看，雅梅莉安．邁蒂她們已經在銀河中心等我們了！」羅蒂波度示意大家並高聲嚷道。

大家循聲舉目望過去，發現赤碟特使帶領的一行智靈人，早已經來到銀河中心，正舉臂向他們招手。

眾智靈人聚集到銀河中心，互相講述著各自的見聞。羅蒂波度飄到雅梅莉安．邁蒂面前，向她抬手行了一個標準的軍禮，說道：

「敬禮！第七時空層核母指揮官！」

眾智靈人一見羅蒂波度的舉動，紛紛湊上前來，學著羅蒂波度的樣子，向雅梅莉安．邁蒂敬禮。

雅梅莉安．邁蒂不好意思地回過頭來看著二位飛碟特使。

「邁蒂，大家也是剛剛從卡爾獅王那裡知道的。」

二位飛碟特使笑呵呵地勸慰著雅梅莉安．邁蒂。

邁蒂指著羅蒂波度嬌嗔地說：「就是你帶的頭，你是不是在暗示我們，也要敬敬你這個第六空間層的核母指揮官呀！」

邁蒂這句話可把羅蒂波度嚇壞了。因為按照天規律條：同一層空間是不允許有兩位「核母指揮官」並存的。他本來就是偷著跑下來的，真怕雅梅莉安．邁蒂對他下「驅逐令」，讓他再返回到六層空間。想到這裡，他急忙分辯說：「好妹妹，別，別，別鬧了，你知道我是偷跑下來的，你這『天令』一下，我又該返回六層天了。」

他邊說，邊給她舉手行禮，看邁蒂沒動，便又急忙來了一個九十度大鞠躬。

記錄員跟在他的後邊，禁不住偷偷地笑了起來。他看見羅蒂波度只顧低頭解釋，卻不留意眾人已經離開，就飄上前去召喚他。

他猛一抬頭，記錄員竟然看到一個人身龍首的怪物站在那裡，就示意他將龍首改變一下。羅蒂波度會意，頓時，將大大的龍頭，幻化成一個俊美的翩翩美男子的模樣。他迅速調整著意識波頻詢問記錄員，記錄員點了點頭，便急忙催促他去追趕眾智靈人。

羅蒂波度並沒有動，他駐足看了看記錄員，猛然間向她一揮手，一道橙色光柱射向記錄員，變為一個大光團將其罩住。不大工夫，橙色漸漸退掉，變成一個無色透明的能量光團保護罩。記錄員感激地望瞭望他，催著他一起去追趕眾智靈人。

在飛飄途中，記錄員得知那組去了銀河下層區域的眾靈子，由赤碟特使帶領著雅梅莉安．邁蒂她們，徑直朝太陽系飛去。因為他的任務，就是將眾智靈人帶至太陽系的「地宇警戒星」。記錄員跟隨著這些智靈人，在赤碟特使的引領下，飄飛至太陽系。大家離太陽星球越來越近，都紛紛發現自己的形體，又比在銀河系巡遊時清晰了許多，甚至還有了「熱」的感覺。

這時，邁蒂突然想起，被總庫特使老師帶來同行的那個地球人類的物質單靈體，恐怕是難以耐受這種環境的。於是，她便急忙將記錄員那藍色的音靈子，暫且送到了金菲力統帥府。自己則用七空核母之紫色能量光罩，將記錄員的丸態思維因數（色靈粒子）嚴嚴實實地罩了起來。其實，她早已經被羅蒂波度的六空核母的橙色能量光團保護起來了。此時，在記錄員的色靈粒子之外，便有了兩層核母之能量團的保護了。在她們的保護之下，記錄員也有幸繼續跟隨大家隨心所欲地暢遊太陽系，並一起去尋找地宇警戒星球了。

在距今大約一百四十億年以前，大家一起飛臨太陽系。

他們看到第三空間的赤碟特使，遠遠地用自己那強烈的「赤光能量團」，將太陽星球罩了起來，讓它的溫度降低一些，以便大家能夠更進前一些觀看它。

他們遠遠地望著，只見那個紅色熾熱的、狂噴著火焰的太陽星球，直徑約有一千四百萬公里。它表面發光，但長著一臉「黑斑」和「青春痘」。那些「青春痘」，還此起彼伏地翻滾著，又恰似一鍋煮沸的「米粥」。

當記錄員和眾智靈人再靠近它一些時，明顯地感覺到了在它的周圍，有一股強勁的旋風能量流，記錄員看到它在不斷地將內部的暗物質超能粒子，旋轉著噴射到宇空中去，與空間特有的一種能量物質團融合，為太陽系營造出一道絕好的天然屏障。這道屏障，就像一個堅固的能量「雞蛋皮殼」，保護著它內部的所有星系、星民，不會受到太陽系外空間的一切射線、磁力線和各種未知能量的侵害。

記錄員日記裡曾記錄著：「在旋轉著的銀河系外邊，也同樣有著一道堅固的能量皮殼，保護著銀河系內部的所有星系、星民，不會受到銀河系外空間的一切射線、磁力線和各種未知能量的侵害。」

那些看不見的各種不知名的暗能量屏障，一層比一層多。銀河系外就比銀河內的多了很多。

他們飛近了一些，兩位宇宙特使準備將大家帶入太陽系的「雞蛋殼」內。

不知為什麼？記錄員的思維波突然間改變了振動頻率，湧出一股莫名的恐懼之感，她怕那兩層薄薄的能量罩被「雞蛋殼」撕碎，她可不願意將這次銀河之旅，變成她記錄生涯的終結之行。

記錄員偷偷地飄飛到兩位特使之間，因為她確信宇宙特使的高宇宙能量一定會保護好她，這是她這個地球人類小小的私人秘密。

要穿越「雞蛋殼」了！

啊！還來不及體驗穿越殼壁的感受，他們竟然都已經站在殼內了！

記錄員的視覺思維，好奇地環視著周圍，發現原來那些燦爛星光、星石的空間，竟然瞬間都消失了！眼前一片昏黑，沒有任何光源。

她有些茫然了？在地球上看到的漫天星空在哪裡啊？我們到底是如何進到「蛋殼」裡面來的呢？

記錄員不甘心！在「蛋殼」壁裡面，細細地尋找著、尋找著……

終於，她的視覺思維「看」到了一絲光亮，循著那個厚厚的「雞蛋殼」內層，她發現「蛋殼」壁上有一個小小的圓洞，在那裡好像有什麼特殊的透明物質將洞口封閉了。除了這個圓洞之外，記錄員朝各個方向張望，竟然什麼也看不到！

記錄員要求宇宙特使和邁蒂指揮官，將她帶到了那個圓洞口，從內向外張望，她發現：洞外竟然又可以看到所有的星際空間了，看到那不斷飛旋的星球和暗紅色的空間，她又可以對熟悉的星空一覽無餘了！

記錄員問邁蒂指揮官：「如果地球的位置和人類的視野沒有對準那個圓洞，我們豈不是要永遠生活在黑暗之中了？」

邁蒂回答說：「我還真是忽略了這一點。這樣吧，我將太陽系的屏障與警戒星球的焦距調整一下，讓地球的位置處於洞外星空的聚焦雲中。」

記錄員愣愣地看著邁蒂指揮官運用她特有的核母能量，就像轉動銀河系外的那個「雞蛋殼」一樣，將太陽系外的「雞蛋殼」也轉動起來，漸漸看到殼外同樣也有一片藍色的光雲，從「蛋殼」壁的圓洞孔穿過。

她慢慢地將「雞蛋殼」不斷地向外面一邊推一邊旋轉，直到那縷透過洞孔的藍色光團，就像籠罩銀河系一樣地將地球全部準確地籠罩之後，才將「雞蛋殼」固定好位置，之後向記錄員傳去同頻信息波，告訴她說：「這樣你們就可以看到外面的固定空間了。」

看到這裡，身歷其境的記錄員，突然深感自己有多麼的幸運！是啊！自古至今，還從未有一個地球人類，能夠如此近距離地觀察那個火紅的太陽呢！先不說別的，僅她那足以將人火化到無痕的高溫，就足以令人卻步！恐怕地球人類永遠也無法靠近她。

另外，那個被美國航空航天局（NASA）一直耿耿於懷的太陽系「皮殼」和銀河系「皮殼」，竟然被中國那個小的記錄員身歷其境地體驗了！當他們有幸看到這本書時，還不知作何感想？

記錄員的思維波在不斷地震動，難怪我們人類的航天器傳回的拍照資訊資料中，幾乎永遠都是那些不變的宇宙星空景象。原來那些景象，都是邁蒂通過那個星系「蛋殼洞孔」給我們劃定出來的宇宙空間區域啊！只要我們人類衝不出太陽系和銀河系，就永遠看不到廣袤的宇宙全貌啊！

銀河系同樣也有一個類似的「蛋殼」，她的「蛋殼洞孔」與太陽系的「蛋殼洞孔」，竟然是在同一條直線上！不知道那縷穿過兩個「蛋孔」的淡淡的藍色「絲線」般的光團另一端，被邁蒂圈定在宇宙的何處區域啊？

也許——我們地球人類，就是這樣一群被高能智靈們層層保護起來的特殊的智慧生命體吧？

延伸閱讀2

資訊膠子：宇宙起源與智慧進化的關鍵因子

陳紫蒂

目前科學界對科學研究的思維模式有很多不同，有的是把一個整體分割得越來越小，把構成物質的組成材料，分為原子、電子、質子、中子，繼而到更微小的強子、輕子、費米子、引力子、玻色子、中微子……來進行研究與實證。比如核子物理學和量子力學。

而有些人對科學研究的思維模式，卻是建立在一種不可分割的整體宇宙觀上面，把分散、局部的個體現象，一個個聚合在更大的整體裡面進行研究與推理，比如地球科學和研究太陽系、銀河系的天體物理學。

基於這種思維模式，我們在這裡將以整體宇宙觀的視覺，對我們所生存著的子宇宙進行研究與探討。

早在西元前五百年，古希臘的哲學家阿那克薩戈拉（Anaxagoras）就已經意識到宇宙本身是一個巨大的生命體，此後的柏拉圖（Plato）、斯多噶派學者新柏拉圖主義的普羅提諾（Plotinus）等學者也曾經論述宇宙是生命，有出生、生長、繁殖和死亡的特點。

我們同樣認為：我們賴以生存的這個子宇宙是一個有著極高「思維智慧能量」和鮮活生命

能量的靈動宇宙。她遵循著自己獨特的思維進化規律，緊緊地把握著自己「智慧生命」的運行軌跡。愛因斯坦已經隱約認識到這一點，不由發出了「空間、時間和物質，是人類認識的錯覺。」的感嘆。我們認為宇宙中心的「智靈總庫」就是一個有著無窮無盡智慧的能量源，是一種永存的有著高密度生命力的能量團。

（一）智慧宇宙的起源

在原初宇宙尚未爆炸之時，宇宙的核心——「宇宙智靈總庫」是一個靜態的極高緻密的真空暗能量團，充滿了各種有巨大暗能量的微粒子（空能子）和微粒子團，其中「資訊膠子」是構成此能量團的基本粒子，她由眾多的資訊迷粒子組成。質能公式 $E=mc^2$ 同時也暗示出「宇宙智靈總庫」這個極緻密的智慧暗能量團，有著特殊的部分物質屬性。

「資訊膠子」是我們這個智慧宇宙裡唯一有著思維功能和生命力的智慧粒子。自從宇宙大爆炸之後，她既密集於「宇宙智靈總庫」，還廣泛存在於宇宙的各個空間，而「時間」則終生與其相伴。

首先來簡略探討關於「時間」的特性。

一份題為《時間晶體來自最小時間不確定性》（Time Crystals from Minimum Time

Uncertainty）的報告重新發佈於《歐洲物理期刊》（The European Physical Journal），報告中研究人員指出：實際上有意義的最短「時間」長度，可能真的是有著多重順序的長度，因此要比普朗克時間（Planck time）還長。

根據量子力學規則，一些人喜歡將「時間」稱為「意識相關的因素」，並對於整個宇宙有著最為基本的影響力。馬科斯．普朗克也曾經說道：「我認為意識是根本，我認為事件是由意識衍生而來。」

「時間」，這個宇宙間鬼魅般的幽靈，它不僅無處不在，還會永遠伴隨著「資訊膠子」，在宇宙各個空間留下無痕軌跡，它不會單獨作為一個「維度」存在。如果非要給它下一個定義，可以這樣說：宇宙間任何一個能量因數（物質粒子）在空間運動時所劃出的各向同性軌跡，都是「時間」的載體。它不受任何物像的左右，可以隨時成為物能因數運動軌跡起始點的那個「零」。

「時間」只有在物維空間裡才有特殊的意義，它與觀測者對空間「標的物」所處位置的「始」與「終」即「點」與「點」之間的運行軌跡的距離有關。因此，「時間」是以各種物像的運動軌跡為「標的物」來體現出來的。這點我們需要說明一下，「始」與「終」之間的距離，並不是點與點之間的直線距離，而是各種物像「標的物」實際運行軌跡的距離。

關於宇宙的起源，至今眾說紛紜。根據當今的宇宙學理論，我們將提出一個新的假說：宇宙的起源是由於「宇宙資訊智靈總庫」內眾多糾纏著的「資訊膠子」之間，發生了輕微的思維擾動，激發出一種高頻振動的各向同性「擾動資訊螺旋慣性能量流」而形成的。

我們知道，由「線粒」連結而成的「單奇子群」構成了「迷粒子」，因其有獨特的傳遞資訊的功能，亦稱其為「資訊迷粒子」。根據「單奇子」數量的不同，又可以分別構成「主體資訊迷粒子」和「載體資訊迷粒子」。他們還可以進一步構成智慧的「資訊膠子」和非智慧的「兆子」與「兆子系」。兆子系是唯一的由資訊空間（虛態）向物質空間（實態）傳送能量的跨界能量粒子——玄能子。它在高速旋轉時（玄能子態），在不斷吸收資訊態能量的同時，發射出巨大的單奇子物質能量流；而它在低速旋轉時，則又會相互吸引，進而形成巨型網路的暗物質粘性絡合物。

我們以宏觀的視角來看，眾多的漂浮著的子宇宙共存於無邊無際的暗能量無極大宇海當中，這個大宇海中當然也會有一個更超級隱形的對各個子宇宙起平衡調控作用的巨形核心能量團！各個子宇宙的形狀大小各異、構造與特質有別、能量與顏色也各不相同。

在這個充滿了各種未知的謎一樣的暗能量無極大宇海當中，既有神秘的無形螺旋引力，也有高速旋轉的高能粒子團的區域性平衡力，但更多的是不斷湧動著的怪異隱秘而又飄移、迴旋的無形彈力與斥力。在這個無可洞悉的無極暗宇海中，各個子宇宙有的業已形成了一定規模的獨特的宇宙體系，但也有的還只是一個個「智靈能量團」，比如我們那時的第三宇宙。

無極暗宇海中的各個子宇宙的命名，皆由她們中心的「智靈總庫」的特殊屬性而定。比如：有的子宇宙被命名為「單元宇宙」（這類子宇宙屬於總能量級別最高的第一宇宙），有的被命名為「三元宇宙」，還有的叫「光體宇宙」，另外還有什麼「玄旋宇宙」、「波載宇宙」、「色閃宇宙」、「磁核宇宙」、「氣旋宇宙」、「多元宇宙」（這是總能量級別最低的末位類宇宙）……

不管用數位來表示哪一類宇宙屬性，皆是依其核心所在之宇宙的總體能量級別來歸類。如第一類宇宙、第二類宇宙、第三類宇宙……便是各個子宇宙「總宇宙能量」級別高低的數位順序排序。

在無邊無際的無可洞悉的暗能量無極大宇海當中，由於那種不斷湧動著的怪異隱秘的既飄移又迴旋的巨大斥彈力作用下，所有各類的子宇宙都有一個共同的特點：她們都有一個由特殊宇宙分子材料構成的無比堅韌並具有極強彈力的「鏡面層膜」。每一個子宇宙在這個「鏡面層膜」的包裹下，使之各自獨立，不會被相互碰撞與侵溶，但卻有可能在特定條件下進行智慧思維的資訊互訪與交換。

為了大家能夠更好地理解這一論點，下面我們做一個形象的比喻：我們的地球就好比是一個大宇海；各個國家就好比是大宇海中的一個個子宇宙；國與國之間的邊界線就像是「鏡面層膜」；各國的領導集團及其核心領導人就像是「宇宙智靈總庫」；他們之間的通訊往來就有點兒類似於子宇宙之間的資訊交流；而聯合國就像是暗能量真空大宇海中的更大的核心能量團「核心眼」了！每一個大超級宇宙之外都有更超級的智慧核心能量團與無窮無盡的空間能量海。

我們這個第三類子宇宙很特殊，在無極暗宇海中，我們將其歸於「二元宇宙」體系。我們這個第三宇宙之所以被稱為「二元宇宙」，就是因為在宇宙中心的智靈總庫中，孕育著兩種（二元）最主要的能量，一種屬於「暗能量體系」，也可稱為「陰元宇宙」；另一種則有著「物能特質的「顯能量體系」，或者可稱其為「物能量體系」也可稱為「陽元宇宙」。這兩種宇宙體系都各自有一個具有超級思維智慧的靈動能量「核子」，這兩個能量「核子」在各自體系中都起著重要的平衡作用。另外，在兩種體系的共有中心，還有一個對陰元、陽元兩種宇宙體系起絕對平衡作用的智慧宇宙「核心眼」。

能夠看得出來，地球與宇宙這一彼此相似的社會結構模式也莫不如此，皆是來自於「二元宇宙」核心智慧思維的存在特質。再反觀我們人類，小到每一個社會團體、每一個物質和人之載體、甚至每一個人體細胞，都有著類似宇宙二元核心結構的影子。在人類的大腦思維中，二元思維一直貫穿始終：對於錯；白與黑；好與壞；陰與陽；善與惡；真與假；大與小；美與醜……這一切都是由來自於二元宇宙核心「智靈總庫」的智慧思維糾纏特質，賦予人類每一個細胞的遺傳基因所決定的。

我們的第三宇宙就是被包裹在這樣一個堅韌的「鏡面層膜」裡面，由於在其核心的「智靈總庫」中，某一個「資訊膠子」突發出超高頻振動的思維資訊，激發出一種「擾動資訊螺旋慣性能量流」，使中心能量急速爆漲，進而形成了我們今日所見並生存著的二元子宇宙。

（二）宇宙膨脹與收縮的初始動力源

現在讓我們再來探討一下各個子宇宙膨脹與收縮的真正動力原理是什麼？我們認為，這是由於「資訊膠子」所爆發出的「擾動資訊螺旋慣性能量流」所造成的，所有子宇宙的形成無一例外。

在我們這個第三類別的二元宇宙形成之前的智靈總庫中，聚集著無數有思維功能、巨密度超高生命能量的「資訊膠子」。當他們在沒有任何思維擾動的時候，皆處於一種互相糾纏靜止不動的整體休眠狀態，宛如一潭平靜的湖水，「時間」此時就是個「零」；然而，一旦有任何一個資訊膠子醒來，啟動了自己的「思維資訊能量」系統，在密集而糾纏著的所在體系的系統當中，時間也會伴隨他醒來，形成一種各向同性的「擾動資訊螺旋慣性能量流」，呈現出尺度不變的高斯分佈。這種被某一個資訊膠子以超高頻振動的「思維資訊能量」所激發出來的各向同性「擾動資訊螺旋慣性能量流」，便是我們今日一直爭論不休的宇宙大爆炸之「奇點」的「初始動力」之源。

在我們的宇宙中心的二元智靈總庫裡，根據目前各種被科學證實的資料中推斷，最先被啟動的「思維資訊能量」，是由陽元宇宙「物能量體系」中的某一個資訊膠子所引發的。他在密集而糾纏著的「物能量體系」中，首先醒來啟動了自己獨有的「思維資訊」，以超高頻振盪的思維形式啟動了這種「資訊能量」，產生了一種超級的「擾動資訊螺旋慣性能量流」。

我們知道，由「線粒」連結而成的「單奇子群」構成的迷粒子（「資訊迷粒子」），有超高速傳遞資訊的功能，他們進一步構成智慧的「資訊膠子」和非智慧的「兆子」與「兆子系」，它們皆有暗能量屬性。非智慧的兆子系又是唯一可以傳遞資訊能量的高能超微觀微粒子——「玄能子」，它在高速旋轉時，吸收了被「資訊膠子」啟動了的「擾動資訊螺旋慣性能量流」，向周圍發射出單奇子超高頻暗物質能量流，大量的惰性中微子和超對稱中性微子、暗離子體……暗能量團被擾動，使其所在體系的超高能量和密集的超微粒子被急速擾動，繼而產生了更高級的超能量裂變式的爆炸、暴漲與持續的膨脹，並不斷地擠壓著另一個「暗能量體系」——陰元宇宙，隨著宇宙爆出的漣漪波，輻射、鋪展、佈滿了宇宙的各個空間，展畫出各自不同的運行軌跡。

這種暴漲的思維資訊「慣性能量流」在膨脹過程中，其思維資訊能量的振動頻率，有著宇宙聲波的特質，在宇宙空間將從高頻到底頻衰減，直至到達「鏡面層膜」產生斥力回彈。這種思維資訊能量流，在本宇宙「物能量體系」中所膨脹的運行軌跡，顯現出的是一種旋轉的漣漪波的形態圖景。她所攜帶的是一種超光速粒子能量流，不會與大部分已知的物質粒子產生相互作用。

來到這個時空層的「資訊膠子」，類似於一種比光速更快的次原子粒子，能夠攜帶著高頻振動的思維資訊能量，降低熵含量，進入任何一種物質載體中生存，並減少我們生命能量場的紊亂。

（三）引力的實質及對引力波的質疑

目前的科學界宣稱發現了「引力波」，並告訴人們說是一種「宇宙漣漪波」。

我們先來看看「引力」是什麼？

我們對「引力」一詞的解釋為：引力（英語：Gravitation、Gravity），又稱為引力相互作用（Gravitational Interactions），是指具有能量的物質之間加速靠近的趨勢，這同樣也是宇宙物質空間的四大基本相互作用之一，另外三種相互作用分別是電磁相互作用、弱相互作用及強相互作用。引力是上述相互作用中作用力最微弱的，但是在超遠距離仍然有效。

引力目前在各種學說中有不同的解釋：在經典力學中，引力被認為是來自於品質與引力場之間的相互作用；而在廣義相對論上，引力則又被認為是來自於品質與彎曲時空之間的相互作用；在量子引力中，引力子被假定為引力的傳送媒介。在這裡，我們對上述廣義相對論所說的引力是「來自於品質與彎曲時空之間的相互作用」有一些不成熟的看法。

「波」又是什麼呢？在我們的陽元宇宙物質空間層，它是以特定形式傳播的物理量或物理量的擾動，它同時又是在宇宙空間以特定形式傳播的擾動物理量的一種特殊頻率振盪，並在逐點傳遞時形成的運動軌跡。

由於波是以特定的形式傳播的，這個發生擾動的物理量就成為空間位置和時間的一個函數，它的擾動物理量函數稱為「波函數」，數學上它是一個叫「波動方程」在特定邊界條件下的「解」。

波的形式是多種多樣的。它賴以傳播的空間可以是充滿物質的，也可以是真空（對電磁波而言）。有些形式的波能為人們的感官所感覺，有些卻不能。

各種形式的波的共同特徵都具有週期性。從廣義角度來說，凡是描述運動狀態並具有時間週期性和空間週期性特徵的「擾動資訊能量」及其疊加、衍射能量的運動軌跡，都可稱之為「波」，如「光波」、「聲波」，微觀粒子的「概率波」（波粒二象性）等。

「波」具有一些獨特的性質，從經典物理學的角度看，它明顯地不同於「粒子」。波有它的運動疊加性、干涉現象、衍射現象。所有的波都攜帶能量，波能量可以在空間和時間上連續不斷地鋪展，可以這樣說，波的傳播總是伴隨著各種能量的傳輸，從這種意義上說，所有的「波」都是一種「能量波」。

關於「引力波」，在這裡簡單地說幾句。

先談談引力構成的原理，引力線與物體的交割摩擦是引力的根源，同時也會伴隨著聲波的出現。唯有此聲波的出現，才有機會被我們測試到引力的存在。有人以光線來做比喻說明，認為光線在路過太陽時，是所謂的時空彎曲才導致了光線傳播路徑（運行軌跡）的彎曲。

我們清楚地知道，光也是資訊能量的一種傳播方式。光是沿直線傳播的，光的傳播不需要任何介質。然而，光在介質中傳播時，由於受到介質的相互作用，其傳播路徑（運行軌跡）會發生偏折，產生反射與折射的現象。另外，光在大品質物體附近傳播時，由於受到該物體強引力場的影響，它的傳播路徑（運行軌跡）也會發生相應的偏折。這原本已經說得很清楚了。

我們不妨再進一步加以解釋，稍有力學知識的人都知道：兩個單奇子構成一個貝粒子，一個光子再加上一個貝粒子，就構成一個引力子，但是一個單獨的引力子的壽命極短，只有短短的10^{-28}秒就湮滅了，只有構成引力子射線才能穩定存在。在磁力線的外環包圍著貝粒子雲，而在太陽磁場中充滿了大量貝粒子雲，當光線經過太陽附近時，其中的光子就會與貝粒子結合而形成引力子射線，在太陽強引力的作用下，光線便會形成　物線形狀的彎曲軌跡。當光線離開太陽磁場後，貝粒子重新包圍在磁力線周圍形成貝粒子雲，光線就會重新恢復它原有的直線運動。又比如像水星近日點進動現象，同樣是因其附近暗物質星球強大的引力所致，而並非是因其品質所引起的。

由此可見，無論是光線傳播路徑彎曲的改變，還是水星劃出特殊軌跡的近日點進動現象，都是由於路徑中存在強大引力的作用！在引力的作用下，不僅僅是光線有傳播路徑的改變，就連神秘的暗物質形成的「細微粒度」流體變成了一束超密度的細絲，在路過任何一個有著引力的天體時，都會使暗物質粒子流聚集彎曲，成為宇宙間一根根狹長、緻密的「髮絲」，劃著詭異的曲線飄蕩在周圍的時空裡。這些彎曲的傳播路徑及其彎曲的運行軌跡，都應該是由引力引發的，而不是由於時空彎曲所造成的！

有人將「引力波」定義為一種宇宙時空漣漪，還說如同石頭被丟進水裡產生的水波紋一樣。

對此，我們同樣有不同的看法。

宇宙漣漪波又是怎麼回事呢？

實際上，宇宙漣漪波就是「資訊膠子」思維資訊暴漲時的「慣性能量」在傳播時的一種重要載體。

在我們的超高智慧宇宙中，宇宙漣漪波是「資訊膠子」思維資訊「慣性能量」輸出時的一種重要載體；它是資訊膠子在密集巨能的宇宙核心發生擾動物理量，在宇宙空間以高頻振盪、旋轉暴漲的離心輻射形式，經過逐點傳遞、由中心向外鋪展而形成的時空運行軌跡，絕不是一種什麼「引力波」的運行軌跡。

自從宇宙中心智靈總庫「物能體系」裡的思維資訊擾動發生伊始，便存在著三種已知的無形的「力」，（當然還有我們目前並不知曉的各種未知力）隱藏、蕩漾在宇宙「物能體系」中的層層漣漪波內。這三種已知的無形的「力」不僅僅只有「引力」這一種，另外還有一部分「離心力」和「相斥迴旋力」這兩種「力」暗暗地隱藏其間。對於位於宇宙中心位置的智靈總庫而言，將這種宇宙漣漪波稱之為「斥力波」也許更加恰當。就是這種來自宇宙中心暗能量「斥力波」的向外鋪展，才導致了宇宙至今不斷的持續膨脹。

相對於「暗能量體系」而言，「物能量體系」的旋轉暴漲，對其造成了極大的螺旋式擠壓，使其開始孕育著反擠壓的另一種旋轉暴漲的巨大離心斥力，使暗能量幽靈般的超微粒子也會瞬間擠充並彌散在「物能量體系」中，形成陰元宇宙「暗能量體系」和陽元宇宙「物能量體系」的斥彈與收縮的原動力，呈現出一種「此消彼長」和「此長彼消」的互為旋轉的能量特質。

由於在兩種體系的共有中心，還有一個對雙體系起絕對平衡作用的宇宙智慧「核心眼」，所以兩種體系無論如何暴漲與擠壓，都會在「核心眼」與各自體系的「核子」能量的平衡之下，呈現出「負陰抱陽」（逆左旋）與「正陽抱陰」（順右旋）的旋轉畫面，而且，不管她們如何旋轉、膨脹，永遠也不會膨脹出子宇宙最外層的那個「鏡面層膜」。

（四）包裹子宇宙「鏡面層膜」的形成

根據目前所瞭解的一些理論知識常識我們大膽推斷：這個子宇宙儘管無窮大，但還是有其最終的邊界，就是包裹著我們這個第三宇宙的「鏡面層膜」，這有些類似普林斯頓高等研究院物理學家 Juan Maldacena 在一九九七年公佈發現的一種被稱為「邊界」的宇宙模型，它是一張通過數學定義的「膜」。

「鏡面層膜」到底什麼樣？它的構造又如何呢？

這個宇宙邊際的「鏡面層膜」是由一種有著超強密度引力和極大迴旋斥力的宇宙暗物質材

料構成的。

它有最基本的三層膜：外層膜、中間層膜、內層膜。外層膜是斥力最強的宇宙超高能物質材料構成，強斥力向著無邊無際的暗能量無極大宇海，發出極強的向外的螺旋斥力，以此來保護本宇宙在無極暗宇海漂浮中不會與其他子宇宙相撞，更可以避免各個子宇宙相互之間互吸、旋融在一起。

「鏡面層膜」的中間一層，主要是由有極強引力的「玄能子」構成。它們在隨著子宇宙的邊環低速旋轉時相互吸引、粘合，形成一個暗物質粘性絡合物的巨型網路層膜。它的功能就是當宇宙不斷膨脹的漣漪波到達宇宙外環極限時不會被衝破，從而保護了子宇宙內的所有物質與資訊能量不會外溢與丟失。

「鏡面層膜」的內層膜，是一種有極高光滑硬度與彈性特質的暗物質材料構成的膜。它的特殊功能在於相互之間既有極強持久的吸引力，同時還有瞬間爆發出的回彈斥力，這種「回彈斥力」在宇宙時空結構上產生強烈擾動，形成迴旋振盪的宇宙「漣漪波」。除此之外，這層內膜還有極強的資訊能量反射功能，出現一些虛幻的映射。

請不要小看了這種習以為常的迴旋振盪的宇宙漣漪波，因為在不可知的巨大的宇宙暗能量空間，它還是宇宙各個生命能量場之間「分界層圈」產生的基本根源。因為它會與從宇宙中心向外爆出的漣漪波在相撞的瞬間產生巨大的能量波峰！這種相撞疊加的能量波峰，被反彈迴旋的巨大能量帶回到自宇宙中心向外膨脹漣漪的某一環圈處時，遭遇到宇宙中心向外暴漲的高能斥力，將回彈的波峰進行攔截。這兩種強力疊加的能量並沒有瞬間相融消失，反而被拱出一道「智能波峰環」。這個「波峰環」從此便成為宇宙間第一道智慧生命能量場的「能量界環」。一次次的宇宙漣漪波峰的迴旋振盪，一次次的兩種強力的疊加，便出現了一個個時空層的生命能量場之間天然分界的能量環圈。著名的宇宙「微波背景輻射圖」，就是被我們人類探測到的宇宙「漣漪波峰」形成的其中一個巨大的「能量界環圈」。

這些離心外旋振盪的宇宙漣漪波，在不斷遭受到「鏡面層膜」回彈斥力的作用下，被疊加的外旋與回彈之巨能，造就了一個個被拱起的漣漪波峰。這一道道漣漪波峰，最終便成為不同宇宙能量場之間的界限環圈，將我們這個子宇宙劃分出了九大空間層及各空間層中的不同能量級的生命能量場。

宇宙向外暴漲鋪展的漣漪波，遭遇鏡面層膜回彈振盪的漣漪波所拱起的「波峰」，將宇宙劃分出九大空間層，在每個空間層都有三級生命能量場，每級生命能量場內又有四個維度能量空間。在如此巨大的宇宙空間裡，由於中心緻密「能量源」受到「資訊膠子」思維資訊能量的超高頻擾動產生外旋暴漲，使宇宙空間充滿超光速運動的微粒子和微粒子慣性暗能量流，並球體狀全方位輻射出去。當這些慣性能量流在暗能量空間遭受阻力摩擦時便開始以漣漪形式向外做點狀鋪展。當這種高頻振盪能量波圈外延並逐漸衰減到物維空間時，便會產生低頻振盪的各種物質與物質之間的能量交換現象。

可以這樣推斷：宇宙間任何一種物體，宇宙、星系、星體、人體、甚至每一個動植物的細胞，都有一個「核心」粒子以及一個包裹他們的邊界層膜。這些都是宇宙特質在物體上的一種延續體現。

（五）資訊能量空間中個體智慧粒子的量子糾纏

由於宇宙中心的「資訊膠子」發出的擾動資訊能量激起「螺旋慣性能量流」所產生的暗能量螺旋離心斥力，致使「資訊膠子」伴隨著各種已知的基本粒子（光子、誇克和很多「標準粒子模型」中的粒子及其反粒子）不斷膨脹、擴展的宇宙「漣漪波」和高高隆起的「漣漪波峰」，隨著宇宙空間溫度的逐漸降低、資訊能量和振動頻率的不斷衰減，她們依照自己所存留資訊能量的高低，遍佈在各個不同能量級別的生命能量場各個維度空間中生存。

從宇宙智靈總庫由於膨脹所致的暗能量離心斥力旋溢出來的每一個「資訊膠子」，不但有著宇宙中心的超物質虛態核心特質，另外還有著各自獨特的宇宙中心的「宇宙智慧密碼」，這種宇宙密碼有著各自不同的振動頻率。當他們繼續向外飄展時，會發生各種碰撞不斷產生新的「資訊膠子」，他們與各自母體一起彌散在各個不同能量層級的生命能量場裡時，新產生的「資訊膠子」同樣也會打上有著不同生命能量場特質的各個「場級智慧密碼」與振動頻率。當這些「資訊膠子」的振動頻率與能量級再次遞減的時候，就會繼續向外飄展，彌散到一個低頻物質生命能量場的層圈裡面。在這個物質生命能量場裡，飄散著大量的等離子體態物質，但更多的是超物質形態的「資訊膠子」，同時也有進入物質載體裡面以潛意識形態存在著的「資訊膠子」。這兩種「資訊膠子」將有著所在生命能量場的「智慧資訊密碼」印記，她們將憑藉著各自不同的資訊頻率，進行各自頻率的調整之後並與之共振，進而在一種暗能量場中進行資訊（一種暗物質）交換，並進行著各種強、弱不同的相互作用。

隨著能量波振動頻率與能量的衰減與宇宙溫度的逐漸降低，「資訊膠子」被宇宙漣漪波帶到了第七時空層，這是一個以物質形態、非物質形態和暗物質形態為主的時空層。

當宇宙溫度降低到10^{-28}℃的時候，就可以用當代的粒子、量子物理學的理論來進行部分解釋了。而有著思維智慧的「資訊膠子」，則以一種「暗物質」形態和「潛意識」形態，存在於這個物質生命能量場中，我們把這種能量場稱之為「資訊能量場」。

我們知道，在宇宙物質空間的每一個角落裡，都會有各種各樣的物質生命，以各種形式（無形的和有著生命載體的）存在著，他們和我們擁有一個共同的生存空間——物維空間。在大宇宙中自然生成的各種生命的「資訊能量場」，其強度、場力、和環境，都決定著具有不同宇宙能量的生命個體的生命本質，同時，也決定著他們必須在相應的「宇宙生命資訊能量區」內生存（甚至是在非常極端的生存環境中生存）。否則，他們將會被不適應自己生存的生命「資訊能量場」所淘汰。

隨著宇宙漣漪波飄展出來的高智慧「資訊膠子」，在不同度數、維數與密度、溫度的宇宙空間層，亦或不同的物質星球上，根據該時空層或不同星球的環境特徵與條件，都會就地取材地創造、進化出具有適應各種不同特徵條件、有著各類「物質載體」的千奇百怪的生命現象。其中最為奇特的就是我們這些具有高級思維智慧的高級動物——人類。人類不僅僅有著完整的神經生命系統，還有著被人們忽略的思維生命系統。（詳見前沿科學：二〇一三年第三期第七卷《生命容介態再識——「天、地、人」容介態資訊迴圈初析》，以及二〇一四年第二期第八卷《智慧進化與容介思維》）

據英國《每日郵報》報導，美國和英國的兩位著名的科學家提出了一項引人注目的理論——「調諧客觀還原理論」（Orch—OR），他們認為構成人類靈魂的量子物質離開神經系統後，進入宇宙時便會出現瀕死經歷。這兩位科學家一位是美國亞利桑那州大學意識研究中心負責人和麻醉學與心理學系教授——斯圖亞特・哈默羅夫博士，另一位則是英國物理學家——羅傑・彭羅斯爵士。他們還認為，人類的靈魂存在於腦細胞內被稱之為「微管」的結構內，其意識活動是這些微管內量子引力效應的結果。這有些類似佛教和印度教的觀點，也與西方的哲學唯心主義有相似之處。

儘管後來發現的「量子效應」驗證了很多重要的生物學過程，例如嗅覺、鳥類的導航以及光合作用等，但是這種理論還是不夠完善，並沒有觸及人類這個生命載體「思維」的本質——「資訊膠子」。可以這樣說，一切與「量子」有關的理論中，都有「資訊膠子」存在的影子。缺失或是忽略了「資訊膠子」，量子研究將會出現瓶頸。

實際上，上述所言的「微管」類似於我們人體松果體內的「智丸宮」，而「量子引力效應」則是一種「資訊膠子糾纏」現象，它來自於宇宙的智靈總庫。

我們知道，量子力學的「線性疊加原理」推導出了兩個不同方向的電子自旋角動量，是不可能同時準確測量的，因為兩個相距很遠的微粒子被測量時的瞬間就會影響到了對方。這種神秘的糾纏現象在這個時空中是存在的，但它又會使得局域的「客觀實在」不存在。他們雖然因糾纏而共存，卻會在對其測量後產生「波包塌縮」而導致測量前的「客觀實在」變異消失。

目前已知的量子糾纏現象，說明在兩個或兩個以上的穩定粒子之間，會有很強的量子關聯。

這裡的「量子」，我們通常將其看作是宇宙間有思維功能的「資訊膠子」，他們都來自於「宇宙智靈總庫」。雖然說粒子之間有著很強的關聯，但是他們並不是永遠存在著「鬼魅似的遠距作用」(spooky action at a distance)。

因為量子（資訊膠子）在物維空間是具有物質特性的，他是一種有生命、有思維智慧的超級物質，他既可以以暗物質、暗粒子的形態存在，也可以以丸態思維因數的形態存在於生命生物體中。

在這個空間層裡，所謂的「量子糾纏」是有條件的。

我們假設量子糾纏的兩端為A與B。如果A、B同在一個生命能量場中，他們的之間的糾纏是相對牢固的。反之，如果A、B分別在不同級別的生命能量場中時，他們的糾纏就不是牢固的。因為不同能量級的生命場中的「資訊膠子」的思維能量的振動頻率是不同的，當他們長時間不能產生共振時，雙方就無法協調、互相感知，A、B之間的糾纏便會自動斷裂。他們就有可能將對方丟失，通常是處於高頻能量場（高維度）的一方將低頻能量場（低維度）的一方粒子甩掉。

但也有極為特殊的情況，即使相隔著多個不同能量級的空間層，也可以互相糾纏不斷。那就是高維度空間的「資訊膠子」，將自己的超高頻資訊能量調為低頻振動，使之與另一端「資訊膠子」的頻率相同而產生共振，這樣就可以牢固地糾纏不斷了。

對於有著獨立思維功能的「資訊膠子」而言，即使一個將另一個丟失，他們還會重新捕獲周圍有著相同思維資訊頻率的「資訊膠子」並與之共振糾纏。這種現象經常會發生在我們人類身上。兩種「資訊膠子」共振的剎那間，我們作為他們的生命載體，就會突然產生一種閃現的靈感，或者與另一個人有著「英雄所見略同」之感。在我們這個三維空間裡，彌散著無數的「資訊膠子」，他們各自有著不同的思維振動頻率，就像一個多弦的古琴，每一根被撥動的琴弦，都會發出不同的振動頻率，演奏出高低不一的美妙天音。

人類大腦中的「丸態因數」（資訊膠子）同樣也有高低不同的思維頻率在振動，相同的思維資訊頻率會將人類以群而分；同理，以極低頻率振動的物品，也會以類而聚。

從宇宙尺度來看，正是資訊膠子的量子糾纏把個體智慧生命和整體的宇宙智慧資訊場關聯在一起，構成了智慧的宇宙！

（六）結語

我們賴以生存的這個子宇宙，無論是起源還是暴漲、生長至今的生命運行軌跡，都可以看出她是一個有著極高「思維智慧能量」和「鮮活生命能量」的靈動宇宙。她的生命細胞——「資訊膠子」自始至終地貫穿其間，她遵循著自己獨特的思維進化規律，緊緊地把握著自己「智慧生命」的運行軌跡。

資訊膠子是我們這個宇宙智慧進化的本質。

●參考文獻

[1] 高歌「宇宙天演論」北京：航空工業出版社，2010.12.

[2] Mir Faizal, Mohammed M. Khalil. Time Crystals from Minimum time uncertainty. The European Physical Journal, 20 Jan 2016.

[3] Juan Maldacena, AndrewStrominger. Universal Low-Energy Dynamics for Rotating Back Holes. 23 Apr 1997.

[4] 高歌，陳紫蒂，《地球與宇宙的能量關聯》，前沿科學二〇一五年第三期。

[5] 高歌，陳紫蒂，《生命容介態再識——「天、地、人」容介態資訊迴圈初析》，前沿科學二〇一三年第三期。

[6] 高歌，陳紫蒂，《智慧進化與容介思維》，前沿科學二〇一四年第二期。

[7] Danko Dimchev Georgiev. Falsificatiofns of Hamerof-Penrose Orch-OR Model of Consciousness and Novel Avenues for Development of Quantum Mind Theory. Neuro Quatology. March 2007 Vol5 P.145～174.

國家圖書館出版品預行編目資料

天幕——一個宇宙資訊記錄員的日記 / 靈紫著.
——第一版——臺北市：宇河文化 出版；
紅螞蟻圖書發行，2017.04
面 ； 公分——(靈度空間；20)
ISBN 978-986-456-097-4（平裝）

857.83 106002111

靈度空間 20
天幕——一個宇宙資訊記錄員的日記
作　　者／靈紫
發 行 人／賴秀珍
總 編 輯／何南輝
責任編輯／韓顯赫
校　　對／謝容之
美術構成／上承文化
出　　版／宇河文化出版有限公司
發　　行／紅螞蟻圖書有限公司
地　　址／台北市內湖區舊宗路二段121巷19號(紅螞蟻資訊大樓)
網　　站／www.e-redant.com
郵撥帳號／1604621-1 紅螞蟻圖書有限公司
電　　話／(02)2795-3656（代表號）
傳　　真／(02)2795-4100
登 記 證／局版北市業字第1446號
法律顧問／許晏賓律師
印 刷 廠／卡樂彩色製版印刷有限公司
出版日期／2017年 4 月 第一版第一刷

定價 300 元 港幣 100 元

ISBN 978-986-456-097-4 Printed in Taiwan

本書中文繁體字版由清華大學出版社獨家授權，僅限於台灣地區出版，
中文簡體原書名為《天幕——一个宇宙信息记录员的日记》